眠りの庭

千早 茜

目次

アカイツタ　七
イヌガン　一六七
解説　島本理生　二六九

つめたい土の中にいる。
ここにいると、耳ばかりがよくなる。
蔦《つた》が這《は》い、花が咲き、星が流れる音までが聞こえる。
夜になると土のつめたさは増す。
彼女の声が聞こえてくる。
あまい、かなしげな声だ。
思いだせる女は二人しかいない。一人は殺して、一人は慈しんだ。
二人は同じ顔をしていた。
慈しんだ女を、私は二つの名で呼んだ。
それは呪いだった。どこにも行かぬよう、殺した女の名で呪いをかけた。
彼女が、私を憎んでいたことは知っている。

愛していたことも知っている。
その証《あかし》として、私はここにいる。
そして、彼女も土の中から響くこの声から離れることはできない。
今夜も彼女は耳を澄ます。
自分の半身が朽ちていく音に。私の呪いと愛の呟《つぶや》きに。
やがて、咲き誇る花の庭で眠りにつく。私はその耳元にそっとささやく。
闇の中、花はどんな顔で咲いているのだろうか。
見えない。ただ、花の降る音だけが聞こえる。
散ってはまた咲く、艶《つや》やかに。花は何度もくりかえす。
まるで彼女のように、空っぽのまま咲き続ける。
死んだ女の骨と、私の血と、花の肉でできた、なにより美しい私の娘。

アカイツタ

花を見ると潰《つぶ》す子供だったらしい。

特に、赤や濃い桃色の花を好んで潰した。

飾ってある花でも、野原に咲いている花でも、他人の庭のものでも、手が届けばもぎ取って、引き千切ったり握り潰したりした。そして、しゃがみ込み地面に擦《こす》りつけて、花がすっかり黒ずんでしまうまで弄《もてあそ》んだそうだ。赤でぐちゃぐちゃになった両の掌《てのひら》と床を憶《おぼ》えている。

母親は俺を病院に連れて行こうとした。その母親を親父は殴った。

それがいつだったかは定かではない。

いつでも親父は母親を殴っていたから。

花の代わりに俺はクレヨンを与えられた。狭い社宅が落書きだらけになっても、親父は俺のことは殴らなかった。いつの間にか母親はいなくなっていた。それでも俺は描き続けた。

クレヨンはいつしか色鉛筆になり、やがて絵の具になった。絵の具が水から油に変わる頃、俺は美大生になって家を離れた。

それからまもなく親父は酔っ払ったまま死んだ。俺はやっとひとりになれた。肝臓も血も精神もめためただったから、どんな壮絶な死に方をするかと思っていたのに、告げられた死因はお決まりの急性心不全だった。

親父が死んだという知らせを聞いた時、解放感に似た安堵《あんど》がじんわりと胸に広がっていった。けれど、それとは裏腹に闇が濃くなったような気もした。

俺にとっての闇は記憶の中にあって、奥底に潜るといつでも赤い花が散らばっている。両の掌は花の汁で真っ赤に染まっている。

時々、思う。

潰した花は血だったんじゃないか、と。

俺はいつ、どうやって母親が俺たちの前から姿を消したのか知らない。逃げたのかもしれないし、親父が追いだしたのかもしれない。親父が真実を語ってくれることはなかった。

幼い頃の記憶はイメージの断片でしかない。ほとんどが闇に覆われている。そこに確かな母親の姿はない。顔も覚えていない。けれど、暴力の気配だけは覚えている。怯《おび》えうずくまる母親の背中も。俺は一度だって庇《かば》うことも助けることもしなかった。

俺たち一家の足元に散らばっていたのは、割れた食器や倒れた家具だけだった。花なんて飾っていなかったはずだ。俺はどこで赤い花を見つけたのだろう。

そんなことを考えるようになったのは、この学校に赴任してきてからだ。秋だった。真っ赤な壁を見たのだ。

校舎の裏に回った時、それは突然に現れた。整然と並ぶ木々と冷たく黒光りする柵《さく》に囲まれ、白と青を基調とした落書きひとつないただただお綺麗《きれい》な建物の中で、その猛《たけ》るような赤は体当たりでもするように目に飛び込んできた。

「見事でしょう。まあ、冬には枯れてしまいますがね」

「え」

「ここは旧校舎です。我が校で一番古い建物ですね」

案内をしてくれていた教頭の声で、自分が足を止めていたことに気付いた。

建物を赤く見せていたものは外壁を覆う蔦の葉だった。びっしりとはびこった蔦は、一枚の例外もなく血潮に染まったように紅葉して、古い校舎を包んでいた。

「あちらは聖堂になります」

まともな反応を返さない俺に嫌気がさしたのか、教頭は義務的に身体の向きを変えた。

その時、一面の赤がゆらいだ。

二階の窓が開いて、一人の女生徒が顔をだした。黒く長い髪が窓の桟すれすれのところで揺れる。女生徒は空を見上げ、目をさまよわせ、俺たちに気がついたのかぴたりと視線を止めた。そのまま蔦に搦《から》めとられてしまったかのように動かなくなった。

教頭は気付かない。俺と女生徒はしばらく見つめ合った。

白い顔が鮮烈な赤の中にぼんやりと沈んでいた。窓の中は暗かった。一枚の絵のようだ、と思った。完全な調和が保たれている。

もっと見ていたかったが、教頭がこちらを窺《うかが》う気配がしたので、無理やり視線を引き剝《は》がした。教会の中へと続く短い階段の上で、情けない表情を浮かべた教頭が俺を待っていた。

教会から出ると、女生徒はいなくなっていた。

秋が深まるにつれ赤い葉は褪色《たいしょく》していき、やがて乾いて散った。壁には黒ずんだ蔦だけが残り、冬の間中ずっと校舎にしがみついていた。

窓に女生徒を見かけたのは、その一度きりだった。

自転車を教職員用駐輪場に停めると同時に、朝礼のベルが鳴った。

今朝もぎりぎりだ。せっかく朝型に直したはずの生活は、短い春休みの間であっけなく夜型に戻ってしまった。担当クラスを持っていないとはいえ、こう毎日遅刻すれすれで校門を通っていてはさすがに職員室に入りづらい。ただでさえ今日は数人の女生徒たちが窓から手を振っていて、校門横で細眼鏡を光らせていた生徒指導のババア教諭に睨《にら》まれた。

出勤簿のサインは昼休みか放課後にしよう。旧校舎にある美術準備室へ向かった。

渡り廊下のあちこちには、桜の花びらがやや黄ばんで吹きだまっていた。女学院を取り囲むように植えられた桜並木は、もう黄緑の葉を覗《のぞ》かせはじめている。桜の花はあまり好きではない。ティッシュみたいにひらひらして、頼りない。

旧校舎は敷地の一番奥にある。木造で、外壁はびっしりと蔦に覆われているので、新校舎から渡り廊下を通っていくと、時代を逆行するような気分に陥る。生徒たちは冬の間はあまり旧校舎に近付いてこなかった。隙間風で寒いのもあるが、塗料の剝げた壁に貼りついた葉のない蔦が、毛細血管めいていて気持ち悪かったのかもしれない。

だが、新学期になって建物は息を吹き返しているように見える。一枚残らず落葉してしまった蔦には緑の葉が日に日に増えていっている。蔦の生命力にはぞっとするほどだ。

生徒の教室がある新校舎と旧校舎の間にある教会から、パイプオルガンのぶかぶかした音が流れはじめる。このお嬢様学校には朝にミサの時間があって、生徒たちは毎日、聖歌を歌う。大抵は教室で歌うが、教会を使うこともあり、その順番は全クラスで回しているそうだ。教師たちも出来る限り参加するようにとは言われているが、俺は三日でやめてしまった。

ご丁寧にも、旧校舎の中まで聖歌の館内放送は流れてくる。どうせ聴くはめになるのなら、一人きりの美術準備室でコーヒーでも飲みながらだらだらと聴きたい。

美術準備室の鍵《かぎ》はきちんとあいていた。もう一人の美術教師である吉沢《よしざわ》先生は生真面目で、判で押したように八時前には登校し、職員室に寄って美術室の鍵を取り、美術準備室の換気をしてコーヒーを淹《い》れ、自分が副担任をしているクラスの朝礼に行く。三十代後半ぐらいの青白い顔をした男だ。もっと若いかもしれないが訊《き》くほどの興味が持てない。年がら年中、律義にシャツをズボンの中に入れて趣味の悪い靴下を履いている。コーヒーはありがたいが、毎朝の換気は勘弁して欲しい。俺は乾性油の充満した埃《ほこり》っぽい室内の方が落ち着く。窓を片っ端から閉めていると、ドアがノックされた。返事をしていないのに、「ハッギー」と茶色の髪を揺らして生徒の仁科麻里《にしなまり》が頭を覗かせる。

「萩原《はぎわら》先生だろ」

室内を見回して、「ビーノいないよね」と笑う。「ビーノ」とは吉沢先生のあだ名で、エンドウ豆のスナック菓子キャラクターに似ていることから、女生徒たちに陰でそう呼ばれている。

「ミサが終わるまでここにいさせてよ。入りにくくって」

「遅刻か」

「ハッギーだって遅刻じゃん」

「萩原先生。それに俺は遅刻じゃない、ちゃんと正門から入った。お前はどうせ裏門からだろ」

仁科麻里は後ろ手でドアを閉めると、背筋を伸ばして「萩原先生、朝ミサをここでさせて下さい」と仰々しい口調で言った。上目遣いで俺を窺う。マスカラでごてごてに塗りたくられた睫毛《まつげ》が目立つ。

「好きにしろ」と顔を逸《そ》らす。仁科麻里は部屋の隅にたてかけてある折りたたみのパイプ椅子を窓際までひきずってきた。

「先生、あたしもコーヒー欲しいなー」

「調子のんな」

仁科麻里は口を尖《とが》らすと、鞄《かばん》からブランドもののポーチを取りだし髪を束ねだした。染めてもパーマをかけてもいいが、肩下の長さの髪はくくらなければいけないという変な校則がある。髪ゴムを巻きつけながら聖歌を口ずさむ。

「よく覚えているな」

「だって、小さい頃から歌わされてるんだよ」

「一週間ごとに曲は変わるんだろ」

俺は生徒の机の中に入っている分厚い聖書と聖歌集を思いだした。

「でも、なんとなく。習慣って怖いよね。卒業しても朝のこの時間になるとつい歌いだしそう」

「じゃあ、朝に妙な歌を口ずさむ女がいたらここの卒業生だな」

「ちょっと、やめてよ、先輩たちに手だすの」

仁科麻里が睨みつけてくる。コーヒーをすすり「はいはい」と頷《うなず》いておく。ああ、煙草が吸いたい。仁科麻里は携帯電話をいじりだした。「今度のクラス、外部生ばっかかなんだよね。せっかく最後の年なのに」とぶつぶつ言っている。

仁科麻里は名ばかりの美術部の部員で、しょっちゅうここに出入りしている。この学院自体は幼稚舎からあるが、中等部と高等部は同じ敷地内にある。エスカレーター式に進級してきた子等は自分たちのことを本校生と言い、高校から入ってきた生徒のことを外部生と呼ぶ。その中でも仁科麻里は本校生のリーダー的な存在のひとりで、態度がでかい。館内放送が虫の翅《は》音《おと》のような雑音をたてて終わったが、喋《しゃべ》りやまない。

「しかも美術、先生じゃなくてビーノだしさあ。ねえ、聞いてる？」

「聞いてねえよ。独り言だろ」

仁科麻里が眉間《みけん》に皺《しわ》をよせて俺を見る。

「この部屋、あたしと先生しかいないのに独り言のわけないじゃん」

「だったら、人の顔見て話せ」

目をまん丸にして口をあけたまま固まる。ろくに怒られたことがないのか、ここの生徒は乱暴な言葉で注意すると一瞬唖然《あぜん》とする。その後は大抵ぎゃあぎゃあ姦《かしま》しく騒ぎだすので、「おい、お前のクラス出てきたぞ」と話を逸らす。

教会から紺色の制服の群れがぞろぞろと出てきた。一人だけ遅れて渡り廊下を歩く女生徒を見て仁科麻里が立ちあがる。

「あ、今年のパイプオルガン係、サチかあ。ふーん」

ミサでパイプオルガンを弾く子は決まっていて、毎朝、自分のクラスの朝礼には参加せず教会に行く。行事の時も弾くので、自然と全学年の生徒から顔を覚えられるし、下級生からも羨望《せんぼう》の目で見られる。

生徒たちの向こうの新校舎から、ひょろ長い人影が出てくるのが見えた。もう戻ってきたか。

「ほら、戻れって。吉沢先生帰ってくるぞ」

窓枠を指先で叩《たた》いたが、仁科麻里はまだ教会の方を見ていた。女生徒の列の後ろに古典の横山《よこやま》がいる。俺の一個下の二十八歳。この学校では一番若い教師だ。いかにも元文学少女という感じの女で、良くいえば清楚《せいそ》、悪くいえばあか抜けず貧乏臭いが、年配の先生方からは可愛がられている。

その横山がこっちをちらちら見上げている。ここは二階だし、よく日が当たるせいでガラス越しだと中がうまく見えないのだろう。目を細めている。仁科麻里は隠れようともしない。

「見つかるぞ」

「下からは見えないって。なんで横山こっち気にしてんのかな？」

「さあな、教師の勘じゃないか」と俺はうそぶいた。ちょうど良く、通りかかった吉沢先生が横山に話しかける。横山は笑いながら首を振ったり、前髪をいじったりしている。髪を触るのは緊張している時の癖だ。

仁科麻里はじっと二人を見下ろしたまま、吐き捨てるように呟いた。

「でも、一番最悪なのはさ、担任が横山ってこと」

「お前さ、一番最悪って日本語間違ってるぞ。それに、横山先生って生徒から人気あるだろ、横ちゃんとか呼ばれて」

「先生も横ちゃんとか呼んでるの?!」

仁科麻里が声を張りあげる。俺の指摘は無視か。まあ、馬鹿だからわかんないんだろうな。

「呼んでねえよ。産休代理の若造がそんな大きな顔できません」

そう言うと、満足そうな表情を浮かべた。こいつ、小さい頃から顔変わってないんだろうな。我儘《わがまま》が全て通ってきたような顔をしている。そのくせいつも何か物足りなそうで、その足りないものを埋めようとする意志も知性も欠落しているように見える。こいつだけじゃない、ここの生徒はみんな似ている。凡庸で張り合いがない。正直、飽き飽きする。

「さっさと行け」と背中で言い、自分の机に向かった。途中、作業机の下から飛びだしていた段ボール箱に足が引っ掛かってバランスを崩した。中に入っていたキャンバスがぶつかり合って派手な音をたてる。軽く舌打ちしてしまう。

「おい、仁科、卒業生に作品取りに来るように連絡しとけって言っただろ」

鞄を肩にかけていた仁科麻里が、「してるけどー」と語尾を伸ばしながら振り返る。だらだらとした足取りでやってくるとしゃがんだ。段ボール箱から二十号くらいのキャンバスをひとつ引き抜く。

「うちの学校、推薦多いから県外に出ちゃった先輩もいるし、なかなか連絡つかな……」

びくん、と肩が小刻みに跳ねた。そのまま、じっとしている。

「どうした？」

声をかけると、ぎこちない動きで立ちあがった。忌まわしいものを摘《つ》まむように親指と人差し指だけで絵を持ちあげると、作業台の上にがらんと置いた。一歩下がる。

「先生、この絵は無理だわ。返せない」

キャンバスには少女の上半身像が描かれていた。ここの制服を着ているが、長い黒髪はまとめずに下ろしている。暗い目でこちらを見つめている。手までは描かれていない。自画像だろう。上体を斜めに置き、顔の四分の三ほどを正面に据えた、自画像の最も一般的な構図を取っている。背景は茶と緑。絵の色調は重いが、全体に光が当たっている。外か窓辺で描いたのかもしれない。

脳の底を何かがかすめていったような気がして、軽く頭を振った。

「なんで返せないんだ」と問うと、仁科麻里は早口で言った。

「この絵を描いた人、死んじゃったから。鈴木《すずき》先輩」

もう一度、見る。珍しく、見られる、と思った。いや珍しくないな。この学校に来てから半年近く経つが初めてのことだ。技術はつたないが見せたいものがくっきりと浮いていた。それは絵の中の少女を通して放たれていた。こんな歳で死んだのか。かすかにもったいないな、という気持ちが込みあげる。

けれど、まだひっかかっていた。その少女にはどことなく見覚えがある気がした。

「鈴木か……」

ありふれた名前だ。人の名を覚えるのは苦手な方だが、それでもまったく心当たりがなかった。

「知らないの？　仁科麻里が俺と絵を交互に見ながら言った。

「知らないの？　先生が来る前だったっけ？　学校は事故って言い張っているけど、自殺じゃないかって噂もあったよ。蔦の周りで先輩の幽霊を見たって子もいたし」

「蔦？」

訊き返した瞬間、ドアが開いた。仁科麻里の大げさな叫び声に、吉沢先生がひるんだ顔をして立ち止まった。眼鏡に手をやりながら、「な、何ですか、君は！」とうわずった声をあげる。

「すいませーん。ちょっと忘れ物があって」

仁科麻里はかすかに鼻で笑うと、吉沢先生の横をすり抜けて出て行った。

吉沢先生は作業机の上の自画像にちらりと目を走らせたが、絵については何も触れなかった。去年までは吉沢先生が美術部の顧問だったから知らないはずはないのだが、関わり合いになりたくないのだろう。

俺は再び絵に戻った。さっきは女生徒に気を取られていたが、よく見ると背景には植物が描かれていた。びっしりと密生した掌のような葉。うっすらと見え隠れするうねうねと枝分かれした茶色い茎。

「蔦って、ここの蔦か……？」

そう呟くと、吉沢先生が身じろぎする気配が伝わってきた。

ふいに濃厚な圧迫感を覚えて息苦しくなった。この古い建物を覆い尽くす蔦の存在を意識したせいかもしれない。


学校という場所は切り離された空間だと思う。時間割で区切られた時間、個性を消す制服、外界から遮断するための柵と校門、独自のルール、守られているのか縛られているのかわからないその中で、毎日同じことが繰り返される。

何のために？　それがわからなくて学生の頃の俺は学校が嫌いだった。けれど、その単調さの中に改めて身を浸してみると、ひとつだけわかったことがあった。

緩やかな縛りは人を安心させる。決められたことに従っていれば、身の内から湧きあがってくるものを見ないふりできる。枠から出ない限りは。

だから、あの頃は発情期の猿みたいな奇声をあげて馬鹿をやっていられたわけだ。俺は男子校だったけれど、男も女も変わらないな、とここに来て思った。青春時代なんて狭い箱の中で必死に暇つぶしをしているだけのものだ。

やかましいはしゃぎ声が急に静まった。

それでも、黒板に頭をもたせかけたまま目を閉じていると、靴音が俺の前で止まった。

教室のあちこちで忍び笑いが霧散する。

薄目をあけると、吉沢先生の細長い顔があった。眉間に皺を寄せながら、あからさまになんでこんな奴が、という顔で俺を見下ろしている。妬《ねた》みと嫌悪の混じったこういう顔を昔はよく見たことがあった。美大に入ったばかりの頃だ。あの頃、俺は特別な人間だった。少なくとも周りからはそう思われていた。

溜息《ためいき》がかかる。もったりとした脂とにんにくの臭いがした。そういえば、こいつ昼にコンビニの餃子《ギョーザ》を食っていた。蹴飛《けと》ばしたい気分になってきたので、目をあけずに「これは迫られてんのかな」と大声でぼやくと、吉沢先生は跳びあがった。

生徒たちがわっと爆笑する。

「静かにしなさい！」と顔を真っ赤にして怒鳴り散らす。そういう反応をするから馬鹿にされるのに。椅子に座り直すと、今度は俺の方に真っ赤な顔を向けてきた。もはやエンドウ豆というより唐辛子だ。

「先生がどういう授業をしようと私には関係がありませんが、授業中に寝ているというのは怠慢が過ぎませんか」

「寝ていませんよ、目をつぶっていたんです」

「ちゃんと監督して下さい」

生徒の目が気になるのか、吉沢先生は声を落としながら教室の隅に行く。仕方なく立ちあがる。生徒たちはスケッチブックと石膏《せっこう》像に集中するふりをしながらも聞き耳をたている。

「吉沢先生、僕は描いている途中で生徒にあれこれ言いたくはないんです。僕も言われたくありませんからね。けれど、見てしまうとつい言いたくなる。だから出来あがってから見ようと思って目を閉じていただけですよ」

「勘違いされるような行動は慎むべきではないですか」

「もっともですね。気をつけます」

つとめて感情を込めない調子で言ったはずなのに、吉沢先生の小鼻が勝ち誇ったように膨らむ。

「その方がいいと思います。紹介して下さった真壁《まかべ》教授のためにも先生がきちんと……」

「それは関係がないと思いますけど」

思ったより強い声がでた。吉沢先生の顔がひきつる。小さな黒目が眼鏡の奥であたふたとさまようのを、ゆっくり観察してから言った。

「で？　吉沢先生は僕の居眠りチェックをしに来られたんですか？」

「あ……いえ、違います。ちょっと学外に出なくてはいけなくなってしまいまして。後をお願いしたいのですが」

「後？」

「ええと、戸締まりとか。直帰しようと思っているので」

「はい、どうぞ行ってきて下さい」

鍵を受け取ると、吉沢先生が俺を見た。

「まだ絵を描かれたりするんですね。今度、参考までに見せて下さいよ」

目に小さな笑いが浮かんでいた。かっと頭に血がのぼった。貧相な面《つら》を眼鏡ごと叩き潰してやりたい衝動に駆られたが、なんとか呑《の》み込む。

吉沢先生が美術準備室に引っ込むのを待って、黒板に「自習」と書き殴った。

生徒たちが口ぐちに文句を言うのを、ばんばんと教卓を叩いて黙らせる。

「時間がきたらここに出していけよ、先生はちょっとトイレ行ってくる。吉沢先生の顔を間近で見たら腹痛くなってきたから」

笑い声を聞きながら教室を出た。授業はあと十分だ、構うもんか。どうせ六限目は空いているし、今日の放課後は美術部の生徒たちが来るはずだからすぐには帰れない。時間は余っている。あいつらの少女趣味でド下手なデッサンは後でゆっくり見ればいい。

それより、今は何としても煙草が吸いたい。あのエンドウ豆野郎に嫌みを言われるなんて。ああ、やっぱり殴ってやればよかった。

渡り廊下を外れて、砂利を蹴散らしながら裏門に向かった。裏門はいつも閉まっているが、横についている通用門の錠が壊れている。裏門の陰になってよく見えない。遅刻常習犯の生徒に教えてもらった。

赤茶けた鉄格子のドアを靴先で押すと、錆《さび》がぱらぱらと散った。

裏門の外には雑木林に面した細い道が塀沿いに続いている。林の奥には大きなガレージ付きの洋風の建物がいくつも見える。この学校は緑《みどり》ケ丘《おか》という高級住宅地の真ん中に造られている。一体どういう基準で丘と命名しているのかは知らないが、駅からは急な坂道が延々と続き、もう丘というよりは山の上だと思う。おかげで朝の自転車通勤は相当苦労させられる。けれど、眺めはいい。晴れている日は屋上からはるか下の海が見えるらしい。

塀沿いに数十メートルほど坂道を歩き、山肌が露出した窪《くぼ》みを見つけると、煙草に火を点《つ》けた。ここら辺は雨が降ると小さな土砂崩れが時々起きる。どこからか真新しい土の匂いがした。

白い煙と植物の湿った香りが混ざり合っていく。車はほとんど通らない。静かだ。水の流れる音がする。細く、ひそやかに。水が土や木の根の間を滑っていく様子を想像していると、首筋から冷気が忍び込んでぞくりとした。遠くでチャイムが鳴った。

三本たて続けに吸って、戻った。もう六限目がはじまっているのか、校内は静まりかえっていた。時々、校庭の方から鋭いホイッスルの音が響く。

湿った音がして足元を見ると、ビニールのつっかけが黄土色の泥にまみれていた。ぎょっとして振り返る。渡り廊下に自分の足跡が点々とついていた。しまった、室内履きのままで出てしまった。しかも、泥は校内の土と明らかに色が違う。面倒《めんどう》だったが、また旧校舎の裏に回った。砂利に靴の裏を擦りつけて、なんとか泥を落とす。

そのまま、旧校舎の裏をぐるりと回って教会のある方に歩いていくと、教会から人が出てくるのが見えた。

こつん、とヒールの音が渡り廊下に反響した。

黒い服。生徒でも教師でもない。

つい反射的に旧校舎の陰に隠れてしまう。

人影は俺には気付かず、胸上くらいまである長い髪を揺らしながら渡り廊下をこつこつと横切っていった。旧校舎に近付いていく。葉がまばらに茂る蔦壁を見上げながら歩いているようだが、校舎の陰になっていてうまく顔が見えない。

細い肩、一歩一歩確かめるようなゆっくりとした足取り、艶のある髪。若い女のようだった。

なぜか心臓が激しく鳴っていた。水の匂いを含んだ湿った風が女の気配をのせて頰を撫《な》でていく。鳥肌がたった。雲が動き、空が暗くなっていく。雨が降るのかもしれない。

女が足を止めた。すっと蔦に手を伸ばした。白い手だった。

突然、ポケットの中の携帯が激しく震えた。俺は慌てて旧校舎の陰に引っ込み、携帯を止めた。息を整えると、すぐにさっきの場所に戻った。

女は消えていた。

辺りは何事もなかったかのように静まり返っている。

渡り廊下に足を踏み入れるが、誰もいない。あの女、まさか。

階段を駆けあがり、廊下を走って、美術準備室に戻る。作業台の下の段ボール箱を引っ張りだした。卒業生の作品の中から一枚だけ裏返されているキャンバスを取りだす。蔦に覆われた一面緑の壁。その前に佇《たたず》む女生徒が絵の中からこちらを見つめている。さっき見かけた女に輪郭が似ている。黒い髪の質感も、細い肩も、額の丸みも。

もう一度、絵を見つめる。やっと思いだした。どこかで見た覚えがある気がしていたが、こいつは去年、紅葉した蔦に囲まれた窓から俺を見下ろしていた女生徒だ。ちょうどこの美術準備室の辺りだった。

――この絵を描いた人、死んじゃったから。

仁科麻里の言葉を思いだす。

すると、さっき蔦の前に立っていたのは噂の幽霊だろうか。

ぞくりと鳥肌がたち、喉《のど》の奥から小さな空気の塊が震えと共に込みあげてきた。笑いだった。

幽霊だって？　上等だ。是非、一度見てみたいもんだ。この単調な生活にも少しは張り合いがでるだろう。幽霊だって、幻想だって、悪夢だって何でもいい。この衝動と退屈を紛らわしてくれるものなら大歓迎だ。

小刻みに笑いながら、本棚の上に絵を立てかける。見計らったように廊下に続くドアからから控えめなノック音が聞こえた。はっと我に返る。

返事をせずにいると、そろそろとドアが開いた。横山だった。吉沢先生が外出したと知ってやって来たのか。魂胆が見え見えだ。

「お一人ですか？」

「一人だけど、なに？」

「萩原先生、六限目空いてないかなって思いまして。たまたま私も空いているので、ちょっと相談に乗ってもらえたらありがたいんですけど」

「直接こっちこないでって言ったよね。疑われるよ。旧校舎に古典の資料室とかないでしょ」

「でも電話でてくれないし……」

ドアにしがみついたまま目を伏せる。さっきの着信は横山だったようだ。

「春休みから私のこと避けているし」

わかっているなら察して欲しい。黙っていると、横山も黙り込んだ。窓にぽつぽつと水滴があたる音がした。

灰色の空を見て、横山に視線を戻した。そういえば、横山も髪が長いし、いつも黒っぽい地味な色のスカートを穿《は》いている。

「なあ、さっき蔦のとこいた？」

「蔦？」

「ほら、ここの壁にびっしりある」

意味がわからないというように首を少し傾げる。臆病《おくびょう》な子犬みたいな表情。可愛いと言う人もいるのだろうが、好みじゃない。多分、違う。横山はあの幽霊には似ていない。あれにはどことなく超然とした雰囲気があった。存在感が薄いようで何よりも濃く、暗い。まるで影そのもののようにひっそりと在った。

女生徒の絵を見上げると、横山が「あ、でも渡り廊下は通ってきましたけど……」と呟いた。

雨が急に激しくなった。湿度と息苦しさが増す。俺は立ちあがると、隣の美術室に繋《つな》がるドアの鍵を閉めた。

横山を見る。まだ廊下に立っている。誰かが二階に上がってきたら丸見えだ。

「入んなよ。話あるんでしょ、吉沢先生がいたら困るような」

「そういうわけじゃないんですけど……」

「でも、よく構われているもんね」

横山は前髪を触りながら口の端でかすかに笑った。

「吉沢先生、悪い人じゃないんですけど、いろいろしつこくてちょっと困るんです」

「ふうん、じゃあ、俺が苛《いじ》められるのは横山のせいか」

「え？」

ぱっとあげた顔に優越感が滲《にじ》んでいた。最初からそういう顔をしていればいいのに。

気晴らしが転がり込んできてくれるなら、わざわざ煙草を吸いに行くまでもなかったな。

「入りなって」

ドアが閉まり、横山が後ろ手でそうっと鍵を回したのを確認すると、腕を摑《つか》んで引き寄せた。

後ろから抱きすくめると、髪の毛に鼻を埋《うず》めた。安っぽい整髪料の香りに白墨の埃っぽい匂いが混じっていて、少し鼻白んだ。髪をかき分け首筋を舌でなぞる。もううっすら汗ばんでいる。

耳たぶに軽く歯をあてながら本棚を見上げると、絵の女生徒と目が合った。

幽霊ってどんな匂いがするのだろう、と思った。


「ちょっと先生、悪趣味！」

美術準備室に入ってくるなり、仁科麻里が大声をあげた。

思わずぎくりとしたが、仁科麻里は俺の後ろを見ている。仁科麻里の取り巻きたちは一瞬わけがわからないという表情を浮かべたものの、本棚の上の絵を見るとひと塊になって口々に騒ぎはじめた。姦しい。

「なんでわざわざ飾るの？」

眉間に皺を寄せて仁科麻里が睨みつけてくる。

「別にいいだろ。描いた奴が死んだとか関係ねえよ。美術館に飾ってある絵なんてほとんど死んだ奴の絵なんだから。それに、基本だ」

「何が」

「少しでも惹《ひ》かれたものからは目を逸らさないこと」

「なにそれ」と、仁科麻里が怪訝《けげん》な顔をする。

「一番うまいってこと？」

「まあ、見ごたえはあるな」

「鈴木先輩、上手でしたしねー」と、ぽっちゃりした女生徒が溜息をついた。

「頭も良くて、女子医大への推薦も決まっていたのに、あんなことになってしまうなんて……」

「ねえ、先生、やっぱ飾るのはどうかと思うよ。祟《たた》られるよ」

仁科麻里のからかうような口ぶりに、いつも言いなりの取り巻きたちが珍しく首を横に振った。

「鈴木先輩はそんなことしないよ」

「優しくて正義感あって、絶対いじめとかしない人だったもん」

「本当に格好良かったよねー、鈴木お姉さま」

格好良い？　俺は自画像を見なおした。確かに可愛いというよりは凛《りん》とした顔をしているが、肩や首は頼りないくらいに華奢《きゃしゃ》だ。若い女たちから見ると、ああいうタイプが格好良いのだろうか。

それにしても、女子校特有の「お姉さま」ノリにはぞっとする。こういうことを言わないだけ仁科麻里はましだ。

「でも、ほら噂があるじゃん。幽霊がでるって、この旧校舎の蔦壁の前に。鈴木先輩、成仏できてないんじゃないの」

そう仁科麻里が言うと、部屋は静まり返った。

「そもそも死因は何だったわけ？」

「自殺なんじゃないの」と仁科麻里がすかさず答えた。一人の女生徒が「ちょっと、麻里」と袖《そで》を引っ張る。

「溺死《できし》です。鈴木先輩は海で見つかったんです。行方不明になった日、海は荒れていたから波に足を取られたんだろうって。遺書も何もなかったし。それに、鈴木先輩には死ぬような理由はなかったはずですから」

「でも蔦が……」

さっきのぽっちゃりした女生徒が絵を見上げながら小さな声で言った。

「ポケットに蔦が入っていたんだよね。海にはないはずの」

「それがなに？」

「離れぬの蔦」

「は？」

「この学校、古いから、いろいろ言い伝えがあって。旧校舎の最初に色づいた蔦を摘み取って好きな人と分け合うと、ずっと一緒にいられるって言われてるの。卒業する時も親友同士でここの蔦を摘むのよね」

皆でうんうんと頷き合う。いかにも女子校という感じの言い伝えだ。くだらない。興味を失った俺にはお構いなしで女生徒たちがまた一気に喋りはじめる。

「ねえ、でも先輩って道ならぬ恋に走ってたって噂もあったらしいよ。男の人と言い争っていたのを見た人がいるんだって」

「えーそれって不倫とか？　まさか奥さんにばれて大ごとになっちゃったのかな」

「でも、鈴木先輩ってそんな気配なくなかった？　恋愛とか興味なさそうだったよ」

「そうよね。だって、鈴木先輩っていっつもあの先輩と一緒じゃなかった？」

一瞬、全員が黙る。すぐに誰かが口をひらいた。

「だからさ、隠してたんだって。不倫だから」

「そっか、そうだよね。それだったら確かに未練残るもんね」

「先輩、可哀《かわい》そう……」

こうやってまた新しい噂ができていくんだろうな。そう思いながら騒ぎを眺めていると、仁科麻里が横目で俺を見た。

「そういえば、六限目に横山来なかった？」

「でもさ、溺死体のポケットに蔦が入っていたって情報がまず疑わしくないか」

俺は聞こえなかったふりをして騒ぎに加わった。結局、横山は六限が終わっても居続け、終礼がはじまるぎりぎりの時間にやっと出ていった。

「あ、それはこの街の警察署長の子がいるから」

「小嶋《こじま》さんだっけ」

「そうそう、新聞にも載ってないこと知ってる」

洩《も》らしたら駄目だろ、そういうこと。俺は溜息をついた。このまま好き勝手に喋らせ続けたら絵を供養するとか言いだしかねない。

ふいに仁科麻里が立ちあがり、窓辺に行った。自分の発言を無視されたので機嫌を損ねたのだろう。教会を見下ろしながら吉沢先生の机に足を組んで座る。

「でもさ、鈴木先輩、本当に災難だよね。何かに巻き込まれたんだとしたら。受難ってやつ？」

仁科麻里が意地悪そうに言うと、途端に取り巻きたちが黙った。その隙に立ちあがる。

「なんでもいいけど、引き取り手が見つかるまで絵は先生が預かっとくから。あと、お前等ちゃんと敬語使えって。俺は友達じゃねえんだぞ」

わざと軽い口調で言いながら絵を本棚から持ちあげると、皆、一斉に一歩下がった。散々噂話をするわりには臆病だ。

「おい、仁科、吉沢先生の机に座るな。俺、ただでさえ嫌われてんだから」

「なんで？　横山と仲良いから？」

ふてくされた顔をしているからせっかく声をかけてやったのに、すぐ横山のことに絡めて嚙《か》みついてくる。また溜息がこぼれた。

「お前等みたいのをぎゃあぎゃあ騒がせたままにしとくから煙たがられてんの。それに、俺は若くて格好良いからな」

「なに言ってんのー、うちらからしたらおっさんだよ」

「でも、確かにオタクっぽいビーノよりはましだけどね」

また女生徒たちがきゃあきゃあ騒ぎだした。

仁科麻里だけは笑わなかった。絵を見つめながら呟いた。

「蔦の半分を持ってる相手は今頃どうしてんだろうね、のうのうと一人だけ生き延びて」

声には暗い火のような執念とかすかな刺《とげ》があるように感じた。


吉沢先生が俺に皮肉を言ったり、嫉妬《しっと》混じりの視線を寄こしてきたりするのは、もちろん横山や女生徒たちに人気があるせいだけではない。俺をこの女学院の臨時教員に推薦した真壁教授のせいだ。

真壁秋霖《しゅうりん》。美術に携わる人間なら知らない者はいないだろう。高名な日本画家を父親に持ち、幼い頃から日本画に精通し、自らは油絵を嗜《たしな》んでいた。語学堪能《たんのう》で才気煥発《かんぱつ》、フランスとアメリカへの留学経験があり、アメリカでは現代アートの研究で名を馳《は》せた。帰国後、美術評論家となり、独特のユーモアと皮肉の混じった弁舌でメディアの寵児《ちょうじ》となる。国内外問わず様々な美術展の審査員でもあり、著書多数。そして、俺のいた美大の絵画科の教授だった。

絵画のみならず、イラストだろうがポップアートだろうが美術研究だろうが、真壁秋霖に認められれば美術の世界では将来を約束されたも同じことだった。故に彼の研究室にはたくさんの学生が押し寄せた。けれど、大学での彼の姿はテレビで見せるスマートな物腰とはまったく違った。

誰かが泣き崩れるまで生徒同士で合評をさせたり、優秀な生徒の作品を皆の前で散々に罵《ののし》って授業に出てこられなくさせたり、ただでさえむきだしで傷つきやすい学生の自尊心や虚栄心を粉々に砕いた。自分では作品を生みだす才能がないから、親の七光で教授という地位について、才能のある者に復讐《ふくしゅう》をしているのだと、もっぱらの噂だった。だが、面と向かって教授に勝てるものはいなかったし、追従している方が賢明であることは一目瞭然《りょうぜん》だった。そうやって教授はたくさんの有能な学生の鼻を折り続けた。

俺は在学中、ずっと真壁教授を避けていた。俺を買ってくれている先生は他に大勢いたからだ。それに、俺は大学半ばでほとんど学校に行かなくなり、教職資格は取ったものの七年もかかってやっと卒業した。世話をしてくれた人間たちはその間に愛想をつかして去っていった。

真壁教授は最後まで俺に絡んでこなかった。馬鹿にしているか興味がないかのどちらかだろうと思っていたので、今になって女学院の理事長を通じて産休代替の臨時教員の話がきた時には驚いた。定職にもつかずふらふらしていたので、ありがたくお受けしたが、まだ何の挨拶《あいさつ》もしていない。

恐らく、吉沢先生は美術評論家としての真壁教授に心酔しているのだ。真壁教授は四、五年前辺りからぷっつりと公に姿を現さなくなった。美術展の審査員も辞め、画壇に口をだすこともなくなり、講演会を含めた人付き合いもほとんどなくなった。大病を患ったとか、精神を病んでいるとか、様々な臆測が飛び交ったが、真相はわからない。時折、美術雑誌に古典絵画に関する評論が載るだけだ。それも昔ほど攻撃的で斬新《ざんしん》なものではない。世間からは徐々に忘れられていったが、未《いま》だに吉沢先生のような三流美大卒の人間たちの間ではカリスマ的な人気がある。

　女学院からの帰り道、紺色に暮れた坂道を自転車で下りながら、真壁教授の顔を思いだそうとした。眼下には街の灯が広がっている。その向こうに見えるべったりとした暗闇は海だろう。


　真壁教授の外見はいわゆる優男だった。俺が大学で初めて目にした時はまだ四十代中頃で、けれど、三十代にしか見えなかったので「教授」と呼ばれていることに驚いた。テレビで見るより細くて、色白だった。薄い唇は何か言いたげに柔らかくひらかれていて、一見微笑んでいるようでもある。けれど、落ち窪んだ目の奥には、なめらかな闇が広がっていた。まるで夜の海のような。

「つまらないね」

　真壁教授は教壇に立つと、開口一番にそう言った。そして、積まれたデッサンを取りあげると学生の名を呼び、教室全体に見えるように掲げて、真っ二つに破り捨てた。染みだらけの木の床にはかなく落ちたそれは大学入試の際に描かれたデッサンだった。

「君たちはさ、今まで絵がうまいとか才能があるとか散々言われてきたんだろうね。でも、間違っているからね。今まで君らの周りにいた人間たちが絵に興味がなかっただけさ。自分に関係がないから無責任におだてあげただけだよ。そして、君らはまんまとおだてに乗ってこんなところまで来てしまった裸の王様ってわけだ。君たちは特別じゃない。むしろ吐き気がするくらい凡庸で滑稽《こっけい》だよ。毎年、毎年、同じような凡庸さを目の当りにする僕の退屈さを想像してもらいたいもんだ」

声を荒らげるでもなく、笑うわけでもなく、真壁教授は教科書を朗読するように坦々《たんたん》と喋りながら新入生の名を呼び、デッサンを引き裂いた。紙の破れる音が響く度、教室の空気は張りつめていった。その中で真壁教授だけが教室に入って来た時と変わらぬ涼しい顔をしていた。

俺の名を呼んだ時、真壁教授は手を止めてもう一度絵を見た。俺はちょうど一番前の席に座っていたので、黙ったまま顔をあげた。数人の学生が俺のデッサンを見てざわめいた。

教授は相変わらず揺らぎのない目で俺を見て、「君が萩原くんか、評価は一番だったよ」と言った。それから、ぼそっと付け加えた。

「君の絵は愚直だね」

俺は手を伸ばすと真壁教授の手からデッサンを奪い取り、自分で破って教室を出た。

教授は驚かなかった。かすかに笑いながら次のデッサンに手を伸ばす姿が、視界の片隅に見えた。

廊下に出ると、先輩たちがにやにや笑っていた。後で知ったが、あれは毎年行われる「洗礼」だったらしい。

それが真壁教授との出会いだった。


ブレーキを握ると、雨上がりのアスファルトの匂いが足元から這いあがってきた。アパートを見上げる。灰色の打ちっぱなしのコンクリートが黒く覆い被《かぶ》さってくるように見えた。どの部屋もまだ明かりがついていない。

階段の下に自転車を停め、ハンドルにかけた紙袋を手に取る。

部屋に入ると、ろくに物の入っていない鞄をベッドに放り投げた。紙袋からキャンバスを引っ張りだし、ずっと空きっぱなしのイーゼルに置く。冷蔵庫からビールをだして、ベッドに腰掛けた。

暗闇の中、幽霊の絵を見つめた。久しぶりだった。こうして絵をちゃんと見るなんて本当に久しぶりだ。

あの時、俺が自分で自分の絵を破いた理由がふいにわかった。

真壁教授への反抗からじゃない。つまらない作品だと思っていたからでもない。あんな平坦な目で見られるのが嫌だったからだ。親父が俺の絵を見る時のような、のっぺりとした生気のない目だった。それに呑み込まれるような気がした。それくらいなら自分で壊した方がましだ。そう思ったのだろう。

絵の中の少女も一見、平坦な目をしていた。けれど、行き場のない感情が奥底でかすかにもがいているようにも見える。感情が溢《あふ》れだして泣くか笑うかすれば、左目の下の二つの黒子《ほくろ》がじわりと動きだしそうだった。そのあるかないかの足搔《あが》きが胸を引っ搔いて、欲情にも似た凶暴なものをぞくぞくと誘った。

静かなのにさざめいている。揺れている。決壊する前の秘めやかな拮抗《きっこう》。お前はこの絵に何を残して死んだんだ？　そう問いかけたくなる不穏な絵だった。

アルミ缶に唇をあてる。冷たく苦い液体がゆっくりと喉を流れていった。

絵を自宅に持ち帰って一週間が経った。

絵は部屋にしんと存在し続け、何も及ぼしてくることはなかった。生活は何も変わらなかった。

仁科麻里たちは毎日めまぐるしく話題を変え、絵のことなど忘れた様子だった。ただ一度だけ、吉沢先生が「絵を取りに来ていない子がいるみたいですね」と話しかけてきた。「亡くなったんなら無理じゃないですか」と返すと、俺が知っていると思っていなかったのか、一瞬、顔を強張《こわば》らせた。

「女生徒のアイドルみたいな子でしたけどね」

吉沢先生は曇った声でそう呟くと、自分の机に戻り、それきり黙りこくってしまった。夜、独りきりで絵に向き合っていると、時々、横山から電話がかかってきた。面倒なのでほとんどでなかったが、静まり返った部屋で着信音が鳴ると心臓が跳ねた。自分の小心ぶりがちょっと可笑《おか》しかった。

自分がこの絵に多少なりとも惹かれたのは、自意識のせいかもしれないと気付いた。その自画像からは思春期特有の自意識をあまり感じなかった。少々ナルシスティックな美意識はあったが、それはその女生徒の端整な目鼻立ちのせいとも思えた。死んだ女生徒の筆は自らの顔をただそこに在るものとして正確に描いている。その自己と向き合う真摯《しんし》な姿勢が、この絵に静謐《せいひつ》さを与えていた。少なくとも、そういった達観や抑制は昔の俺の絵にはなかったものだ。

けれど、朝晩と見るうちに飽きが滲みだし、人よりちょっと器用なだけの高校生の絵だと思えてきた。今時の子は自らに対しての目も醒《さ》めたものなのかもしれない。何か訴えたいものがあると感じた女生徒の目も、偶然の産物によるものだったのだろう。

亡霊になってまで訴えたいものがあるとしたら、きっとこんな静かな絵にはならない。

そう思いはじめた頃、俺は再び幽霊の姿を見た。今度は蔦の前ではなかった。

その日の放課後、珍しく美術準備室は静かだった。いつものようにあくびを嚙み殺しながら生徒たちの作品を採点し、すっかり煮詰まったコーヒーを胃に流し込んで立ちあがる。

用を足してから帰ろうと思い、一階にしかない男性用トイレに行く。創設当初から女学校なので、ここの学校は男性用トイレが極端に少ない。濡《ぬ》れた手を振りながら階段を上がり、美術準備室のドアを開けた。

目の前で黒い髪がさっと揺れた。

思わず瞬《まばた》きをした。毎日眺めている幽霊が窓を背にしてこちらを向いていた。

俺、いつの間に絵をこんなところに置いたんだ？ 馬鹿げた自問自答が頭をよぎった瞬間、幽霊の服が絵と違うことに気がついた。

幽霊は紺色のシャツワンピースを着て、手にはベージュのスプリングコートを持っていた。シンプルだが仕立ての良い服で、爪はつややかな桜色に磨かれている。透明な膜が張ったような真っ黒で艶のある髪。澄んだ肌、白い額、目の下に二つ並んだ小さな黒子。絵とそっくり同じかたちの唇がそっとひらかれた。

「え……？」

短い言葉だった。唇の動きに気を取られて、うまく聞き取れなかった。幽霊はじっと返事を待っている。俺が黙っていると、もう一度口をひらいた。

「吉沢先生はいらっしゃいますか？」

ひそやかだが重みのある声だった。

「いや……職員室か、帰ったか。ここにはいない」

やっとまともな声をだせた。「何か？」と問うと、幽霊は少し言い淀《よど》んだ。かすかな狼狽《ろうばい》を目にした瞬間、身体を強張らせていたものが解けた。こいつは幽霊なんかじゃない。仁科麻里たちにかつがれた。鈴木先輩とやらは死んじゃいなかったんだ。

俺が溜息をつくと、俺の息を避けるように女はすっと一歩下がった。

「鈴木さんの絵を取りに来ました」

「え？　あんたが鈴木なんじゃないのか？」

つい大きな声がでてしまう。女は「あんた」のところで不快そうな表情を浮かべた。そして、「違います」とだけ言った。あなたに名乗る必要があるのか、とでもいうように黙ったまま俺を見つめる。穢《きたな》いものでも見るような目だ。わけがわからない。

絵と同じ顔なのに雰囲気がまるで違う。女はひどく落ち着いていた。折れそうに華奢な身体をして、歳も十八、九かそこらのはずなのに、住む世界が違うと言わんばかりに俺をしんから見下している感じがした。

「俺と女の間に息苦しい沈黙が流れた。女は周りの音を吸い取ってしまうような静けさをまとっている。

掌が汗ばんでくるのを感じてズボンに擦りつけた。鈴木でも、この絵の描き手でもないとしたら、こいつは一体誰なんだ。

その時、女の目の下の黒子が目に入った。絵と同じで左側にある。

もしも、あの絵が自画像ならば鏡に映して描くから、黒子は左右逆の位置にあるはずだ。あの絵は自画像ではなく、死んだ鈴木という女生徒がこの女を描いたものだったのだ。俺が早とちりをしていただけか。

羞恥《しゅうち》が身体を走り抜け、動揺がすっと鎮まっていった。途端に、幽霊なんかを期待していた自分が馬鹿馬鹿しくなる。

「あの絵なら俺が持っている。うちにある」

そう吐き捨てるように言うと、「なぜですか」と抑揚のない声が返ってきた。

「一応、今は俺が美術部の顧問だから」

「ああ」と女は目を細め小さく息を吐いた。

「では、あなたが萩原先生ですか」

妙に気に障る話し方だった。仁科麻里たちと違って、きちんと敬語を使っているはずなのに皮膚がちりちりとした。

「後輩の部員たちから聞いたのか」

「いいえ、父から聞きました」

「父？」

「真壁秋霖」

女は静かな声で俺の「恩師」の名を言った。

その名を唱えた瞬間、甘やかなものが彼女の顔に広がった。

いつの間に開けられたのか、窓辺のカーテンが膨らみ、夕暮れの重い風が閉め忘れたドアをばたんと鳴らした。その音でやっと、その甘やかなものが微笑みであることに気付いた。

女の後ろの空が真っ赤に染まっていた。

黒板の前に立ち、白墨を握ると「自画像」と斜めに大きく書いた。

我ながら汚い字だと思う。手についた白い粉を払い、教室を見回す。

高等部二年の比較的落ち着いたクラスだ。去年から美術を選択している子がほとんどで、知った顔ばかりだった。

この学校は十二月にクリスマスを祝う盛大な校内行事がある。「クリスマス・カンタータ」と呼ばれる冬の祭りは学外にも公開され、花形である聖歌隊が有名だ。だから、音楽を選択する子が圧倒的に多い。お嬢様学校なので、ほとんどの子は幼少期からピアノを習っていて授業のレベルも高い。学校全体ではまったく部活動が盛んではないのに、クリスマス祭の聖劇を担当する演劇部と、演奏をする吹奏楽部やハンドベル部などは妙に熱心だ。中でもコーラス部はひときわ人気がある。聖劇のマリア様役の子がコーラス部から選ばれるからだ。女子校の女王になれる、というわけだ。毎朝のミサを担当するパイプオルガン係も一目置かれる。

そういう模範的な女学生コースから外れた子が美術を選択する。高等部から入ってきた、いわゆる「外部生」がほとんどを占める。それか、仁科麻里のような見た目が派手で成績が芳しくなく、問題児扱いされている「本校生」。本当に美術が好きな生徒もいることはいるが、少ない上に大人しい。二次元の世界に埋没しているオタクっぽい子も多い。

だから、俺はいい加減な授業をして、けっこう楽をさせてもらっている。ただ、今年、仁科麻里たちがいるクラスを担当している吉沢先生は、大騒ぎをする女生徒たちの収拾をつけるのに苦労していることだろう。

なにはともあれ、自画像だ。自画像という字面を見ただけで、もやもやとしたものが湧きあがってくる。振りきるように、わざと声をあげる。

「今日から自画像を描いてもらう。みんな、鏡は持ってきたか？　三面鏡がベストだって先週言ったと思うが。忘れた奴は化粧用のを使え。それもない奴はトイレに行って描いてもらうからな」

ぼんやりとした笑い声がぱらぱらとあがる。

「まずは自画像の成り立ち。いつからだと思う？　大体でいいぞ、わかる奴」

これが騒がしいクラスだったら、「先生、なんか今日まじめー」といった野次が飛ぶが、このクラスは反応なし。まあ、予想通りだからいい。

「西欧において自画像が描かれだすのは、十五世紀に入ってからだ。ルネサンス以降だな。けっこう遅いだろ。なんでかと言うと、それまで絵画っていうものは権威を持った人間や団体の注文によって描かれるものだったからだ。まあ王族や貴族とか教会の依頼だな。けど、自画像は誰の注文もなしに描かれるものだ。小汚い画家の顔を描いた絵なんか、金持ちの家に飾っても仕方ないもんな。もちろん、売れない。画家にとっては一銭の得にもならない絵だ」

　俺が授業っぽく話しているのが珍しいのか、みんな身を乗りだして聞いている。

「じゃあ、なんで描くのか。その答えが自画像ってものの成り立ちと関わっている。自画像というジャンルが成立するには二つのものが必要なんだ。はい、そこの」

　手前の席のぱっちり二重の女生徒にあてる。休み時間に隣の子とポッキーを食ってた元気そうな子だ。

「えー、わかりません」と、隣の子と笑い合いながら言う。

「すぐ、投げるな。物理的なもんと精神的なもんだよ。物理的な方は描く身になって考えたらすぐわかるだろ」

「あ、そっか」と、隣の子が顔をあげる。二重の子に向かって、机の上の赤い折りたたみ鏡を指で示す。

「そう、鏡な。鏡がないと自分を見られないよな、単純なことだ。ガラス鏡の普及なくして自画像は成立しえない。そのせいで、日本においての自画像の成立はもう少し遅くなる。日本の鏡は青銅とかを磨いた金属鏡だったから映りが悪い。自らの姿をぼやっとした形で描くことはあっても写実的なものはなかった。よって、ガラス鏡と油絵が入ってくる明治以降まで、日本では自画像が頻繁に描かれることはなかった。けど、自画像に必要なのはガラス鏡だけじゃない。もうひとつ、さっき言った、絵の具の無駄にしかならないのになぜ描くか、という問いが残っている」

「芸術のため？」と、どこかで声があがった。

「もう少し個人的なものだ」

何人かにあてたが、誰も正解には至らなかった。

俺は教壇に戻って、黒板に「自意識」と書いた。がっかりしたような空気が教室に満ちる。

「自画像を描くという行為は、自我の肯定に繋がる。自意識が確立していない者には自画像を描こうという発想はない。自画像は画家にとって魂の解放だと言ってもいい、と俺は思っている。だが、自分を一個人として客観的に認識しようとする個人主義の考え方は、西洋文化が入ってくるまで日本にはなかったんだ。お前ら、自意識なんて誰もが生まれつき持っていると思っていただろ。でも、違う。要するに自我ってもんは、それが許されている環境でしか発育しえないものなんだ」

女生徒たちは一様にぽかんとした顔をしている。

「けど、その自我だってわかっている気になっているだけで、ほとんどの人間が正確には捉《とら》えられていない。自画像を描くことで自分を客観的に見つめることができる」

ふいに昔、真壁教授が講義で言っていたことを思いだした。

――人は自分が当たり前のように持っていると思っているものには無頓着《むとんちゃく》だ。自意識しかり。そういった自覚していない場所に潜んでいる感情こそ、最もやっかいなものである可能性を孕《はら》んでいることに気付きもせずにね。

似たようなことを話してしまった。ちりっとした苛立《いらだ》ちが走る。

突然、黙ってしまった俺を女生徒たちは不思議そうに見上げる。自我という言葉の意味すらわかってないような奴らに、こんなに熱く語っても仕方ない。そもそも、鏡があろうがなかろうが、自分が見える奴は見えるし、見えない奴は見えない。

俺は「まあ、そういうことで」と、話を締めくくった。

「来年は三年、いよいよ受験が迫ってくる。自分を見つめることは、将来や進路について考える機会にもなるだろう。てことで、これが一学期の課題だ」

黒板をばんばんと叩く。

「まずは、鼻や目や髪といったパーツのデッサンから。顔の輪郭もいろんな角度から見て描いてみること。同時に有名な画家の生涯と自画像を照らし合わせてレジュメを作り、グループごとに発表。それから、全体の作画。自己を表現できる表情と背景を選んで、自分らしい色彩を意識しながら水彩で色づけ。夏休みまでに完成させること。絵は秋の文化祭で展示するからな」

窓辺に行き、パイプ椅子に足を組んで座る。生徒たちはぱたんぱたんとスケッチブックをひらきはじめる。

「顔ってのは表情もバランスも難しいからな、じっくり描けよ。自分の顔なんだから遠慮なくいくらでも見られるだろ。質問あったら手をあげろ」

いつものようにだらけた姿勢で座っていると、気分が凪《な》いでくるのを感じた。女生徒たちは鏡を組み立てながら声を抑えて喋り合っている。

さっき、「自意識」という答えを言った時に広がった、落胆した空気を思いだした。もっと高尚なものを期待していたのだろう。美術に崇高さを期待する人は多い。けれど、そんなもの滅多《めった》にない。崇高な美なんて、ただの幻想だとすら思う。俺は美なんてものは手の届かないところにあるんじゃなくて、足掻いて苦しんでぐちゃぐちゃになった現実と地続きの場所にある気がする。

窓を開けた。新緑の匂いが流れ込んでくる。だが、気分は晴れない。黒板に書いた文字から目を逸らす。

まったく。あの自画像だと思い込んでいた絵が、真壁教授の娘を描いたものだとは思わなかった。不意打ちされた、と言ってもいい。父親の名を口にした瞬間の彼女の顔が目に焼きついている。あの微笑みは確かに真壁教授の冷たい薄笑いによく似ていた。

だが、あの娘は、死んだ鈴木という女生徒が描いた彼女とは似ていない。顔のつくりは驚くほどそっくりに描けているが、雰囲気と目の表情がまったく違う。

真壁の娘は一週間後の同じ時間に絵を取りに来ると言った。俺が絵を家に持ち帰っていたことを責めもせず、「よろしくお願いします」と念を押すように言い、狼狽している俺には目もくれないで部屋を出て行った。幽霊と見間違えたのも無理はないほど、ひっそりとした足取りだった。

掴もうとしても手をすり抜けてしまいそうな女だと思った。

あの絵に描かれた女生徒は違う。静かだが、あんな風に生気のない感じじゃない。あんな、父親と同じ平坦な目はしていない。俺にはわかる。なんというか、もっと、人の心を騒がすものを奥に潜ませている。まったく違う。

はっと顔をあげた。前の席の女生徒と目が合ってしまい、慌てて逸らす。

俺はあの絵を美しい、と思っていたのかもしれない。目の奥のかすかな足掻きに惹かれていたのだろう。どこかで、俺はまだ——。

「先生」という声が後ろの方であがった。立ちあがり、教室を見渡す。

赤やピンク色のものがあちこちに散らばっていた。女生徒たちの鏡だった。

女って赤が好きだな。そう思った瞬間、目の裏に幼い頃の景色が蘇《よみがえ》った。赤で染まった掌。

背後で何かが揺れた。ぎくりとして、振り返る。

うねうねと伸びた蔦の新芽が窓ガラスの端で揺れていた。


昼休みに地下の食堂でうどんをすすっていると、美術部の一群がテーブルをひとつ占拠しているのが目に入った。中等部の女生徒は滅多に食堂に近付かないので、高等部「本校生」の巣のようになっている。

美術部員の三年生たちは、テーブルの真ん中に菓子類を広げながら大声で笑っている。

だが、いつも中心にいる仁科麻里がいない。

ぬるい汁を飲み干して、トレイを戻しがてら声をかける。

「珍しいな、仁科は休みか？」

「また保健室で寝てるんじゃない？」

一人が首を傾げると、残りの子たちが「違うって、ほら」と目配《めくば》せしながらくすくす笑った。

「なんだ」

「なんでも、ありませーん。麻里はちょっとクラスのことで忙しいだけです」

いつも仁科麻里の横にいる宮野《みやの》祐子《ゆうこ》という背の高い女生徒が、リップグロスを塗りたくりながら言った。モデルみたいな体形のけっこう美人な子だ。せっかくの唇が油ものを食った後みたいにべたべたになっていく。

「用事あるのなら伝えますよー」

この中では一番感じが良い前園《まえぞの》瞳《ひとみ》というぽっちゃりした女生徒が、携帯を取りだしながら俺を見上げた。

「いや、特に用があるわけじゃない。なあ、お前等さ、あの絵が鈴木って生徒が描いたものだってどうしてひと目でわかったんだ」

皆、顔を見合わせる。何のことか、にわかにはわからないようだ。

「俺が預かっていた絵だよ。あれ、もう卒業した真壁って生徒を描いたものだったんだろ。なんで鈴木が描いたってわかったんだ」と、もう一度言う。

「ああー」と何人かが低い声をあげた。宮野祐子はさっさと化粧に戻る。「またその話ですか」と、一人がうんざりとした調子で言った。前と反応が違う。前園瞳も黙ったままだ。こいつは以前、絵を見て死んだ鈴木のことをうっとりしながら称賛していたはずなのに。

「真壁って生徒があの絵を取りに来たんだよ。お前等が連絡したんじゃないのか？」

また皆で顔を見合わせて、どこか虚《うつ》ろな表情で首を傾げる。仁科麻里が連絡したのだろうか。それにしても、反応が妙にのろのろとしている。俺との間に分厚い水の膜があるみたいだ。

「鈴木先輩と真壁先輩はすごく仲良かったんですよ」

前園瞳がぽつりと言った。

「二人はいつも一緒でした。真壁先輩をあんなに上手に描けるのだって、鈴木先輩しかいませんから」

「というか、真壁先輩と仲がいいのは、鈴木先輩だけでしたしね」

手鏡を覗き込みながら宮野祐子がぶっきらぼうに付け足す。

「なに、あの子、嫌われてたの？」

「逆ですよ」

宮野祐子が化粧ポーチに手鏡をしまう。

「真壁先輩は誰にでも親切な鈴木先輩と違って、壁をつくるタイプだったんです。後輩の私たちなんて口をきいたこともありません。だから、よく知りません」

他の女生徒は黙ったままだった。

しばらくして、前園瞳が「真壁先輩はちょっと特別なんですよ。ひいおじいさまはこの女学院の創設に関わった方ですし」と小さな声で言った。

お前等だって幼稚舎からここにいるお嬢だろうが、と思ったが面倒なので黙っておいた。金持ちにも格があるのだろう。けど、そんなもの俺の知ったことではないし、興味もない。ただ、真壁教授の娘は確かにとりつくしまのなさそうな女ではあった。

それ以上、何も情報は得られそうもなかったので、「お、もうすぐ昼休み終わるな」と腕時計を見るふりをして美術部の一群から離れた。

食堂を出てから、今日は皆、敬語を使って話していたことに気付いた。


一週間はすぐに過ぎた。

旧校舎に生い茂る蔦は、このわずかな期間にも目に見えて濃くなっていった。毎朝、出勤する度に、蔦を見上げていた真壁教授の娘の姿が脳裏をよぎった。

長い黒髪と細い肩、風に揺れるような足取り、ひっそりとした佇まい。

詳細に思いだそうとすると、輪郭があわあわとぼやけていくのに、全体で見ると周りの景色を引き締めるような存在感を放っていた。深紅の葉に囲まれた窓の中でも、びっしり茂った深緑の蔦壁の前でも、凜と、在った。

菱田春草《ひしだしゅんそう》の「黒き猫」という作品を度々、思いだした。若くして死んだ画家の有名な日本画だ。柏《かしわ》の枝の上でじっとこちらを見つめる黒猫、今にも落剝《らくはく》しそうな半枯れの葉。柔らかな黒い生き物の姿は滲んだインクのようにぼんやりとしているのに、画を引き締め、完璧《かんぺき》な調和を保っている。俺の専門だった油絵では描くのが難しい類《たぐい》の絵だ。あの幽霊のような女がまとう空気はそれに似ている。

死んだ鈴木という女生徒は、彼女に対して俺とは違う印象を持っていたのだろう。鈴木が遺《のこ》した絵には曖昧《あいまい》なところがなく、歳相応の少女の生々しさがあった。そして、俺が自画像と見間違えるくらい強い親近感でもって描かれていた。

真壁教授の娘に、モデルとしてそそられるものがあるのは確かだ。彼女には、俺が毎日目にしている女生徒たちと違って騒がしい色がない。色がないということは、逆にどんな色でもつけられるということだ。幽霊にでも、少女にでも、あるいは娼婦《しょうふ》にだって。あの娘はキャンバスの上でどんな女にも変わり得るだろう。とはいえ、俺だったらあの真壁教授の娘と知った時点で、とても描く気にはならないが。

死んだ鈴木という女生徒が描いた彼女の肖像画は、ずっと紙袋に入れられたままだ。彼女が美術準備室に来た日、俺は家に帰るなり絵を紙袋に放り込んだ。真壁教授の娘だと知らずに、幽霊だと思い込んで眺め続けていた自分が滑稽に思えた。

次の日、すぐに学校に持ってきた。そのまま美術準備室の机の横に放置してある。

真壁教授の娘と約束した日は、朝から薄曇りだった。昼を過ぎると、空はますます重くなった。この女学院は高台にあるので、垂れ込めた灰色の雲のせいで空がひどく狭苦しく感じられた。

珍しく吉沢先生が朝からずっと美術準備室にいた。作業でもするのかと思ったが、膝《ひざ》を小刻みに揺らしながらノートパソコンに向かっている。時々、俺の方を窺いながら机の下で携帯をいじる。こちらをちらちらと見る陰気な視線が鬱陶《うっとう》しかった。別に責めねえよ、とつい言ってしまいそうだったので、何度も席を立って煙草休憩に出た。

こんな日に限って授業も少なく、仁科麻里たち美術部員もやってこない。職員室に行ったら、今度は横山が湿った目で俺をじっと見つめてくる。しばらく電話にでていないせいだろう。ああ、もう勘弁して欲しい。

溜《た》まった閲覧プリントにサインをすると、また美術準備室に向かった。まだ三時前だというのに夕方のように暗い。

教会の前を通りかかった時、かすかに音楽が聞こえた気がした。まだ六時限目の途中だというのに誰かいるのだろうか。扉は固く閉まっている。遠雷だったのかな、と思いながら今日何度目になるか知れない旧校舎の階段を上った。

ドアを開けると、吉沢先生が「萩原先生」と俺を見た。

「聖堂で待っているそうです」と、すぐに目を伏せながら言う。主語がなかったので、一瞬、誰のことかわからなかった。返事をせずにいると、吉沢先生はちらりと俺を見上げた。

「真壁さんです。早く来すぎてしまったそうで、聖堂に行っていると」

そこで、やっと気付いた。真壁教授の娘が先週ここに来たことを、吉沢先生に伝え忘れていた。これは、まずい。彼は真壁教授に心酔しているので、後で絶対にねちねち嫌みを言うはずだ。

「あ、すいません。最初、先生を訪ねて来られたんですが」

「構いません。私はもう美術部の顧問ではないので」

また目を伏せながら言う。やはり根に持っていそうだ。

「亡くなった鈴木という生徒の絵を引き取りに来たんですよ。鈴木って去年、美術部にいた生徒ですよね？」

吉沢先生の肩がぴくりと動いた。

「ええ、そうですね」

「それで、今の部員に卒業生に残していった作品を取りに来るよう連絡しろ、と言ったら、鈴木の絵を真壁さんという子が取りに来たんです」

「そうですか」

温度のない声だった。けれど、手は自分の眼鏡の縁を執拗《しつよう》に触っている。

「ご遺族に渡さなくていいんでしょうかね？」

「それはいいと思います。ご遺族も望まないでしょうし、鈴木さんも彼女の手に渡った方が嬉《うれ》しいと思いますから。彼女を描いた絵ですからね」

「彼女が真壁教授の娘さんだって知ってましたか？」

「まあ、この学校では有名ですからね。でも、私は彼女との関わりはありませんから。彼女は美術部ではありませんでしたし、授業も音楽を選択していました」

吉沢先生は早口で言った。女生徒たちといい、どうして真壁教授の娘の話になると皆、自分は関係ない風を装うのだろう。真壁教授は余程この女学院に圧力をかけられる存在のようだ。

「鈴木さんも」と、吉沢先生は訊いてもいないのに話を続けた。

「事故で亡くなった時はもう美術部を引退した後でした。優秀な生徒とは聞いていましたが、私は担任で受け持ったこともないし、絵が上手だったこと以外はあまり知らないのですよ。だから、あの絵の処分に関しては先生にお任せします」

あまり知らないのに、遺族の意向はわかるなんてことがあるか。臨時教員である俺に体よく責任転嫁したいわけだな。まあ、それならそれでいいさ。

「わかりました」

俺が若干大きめの声で言うと、吉沢先生は貧相な肩をわずかに縮こめた。けれど、「お願いします」と言ったきり、もう俺の方を見ようとしなかった。奥歯を噛みしめているのか、頬がぴくぴくと痙攣《けいれん》していた。そんなに緊張しなくても。かすかに可笑しくなる。

自分の席に戻ると、絵の入った紙袋を取りあげた。

教会の重厚な扉を押すと、細くひらいた隙間から笑い声が洩れだした。男女が抑えた声で談笑している。女の軽やかな笑い声が天井の高い聖堂に響く。大きく扉を開くと、笑い声はぴたりと止んだ。ひやりとした空気が流れだす。祭壇の横のパイプオルガンの前で、真壁教授の娘と初老の外国人神父が振り返った。

教会の中は暗い赤色に沈んでいた。いつもは日光を通して色とりどりに輝いているステンドグラスは、曇り空のせいで光を失い、鈍い色に染まっている。代わりに天井から吊《つる》された橙色《だいだいいろ》の照明が、祭壇までまっすぐに延びた深紅の絨毯《じゅうたん》と、無数の長椅子の上に敷かれた赤い布を照らしだしていた。

神父は俺に向かってうやうやしく一礼すると、真壁教授の娘に微笑みかけた。彼女も穏やかな顔で微笑み返す。軽く跪《ひざまず》くような仕草をしながら神父の手を取り、そっと口づける。自然な動きだった。

神父は俺が聞き取れない言葉で彼女に何か囁《ささや》くと、祭壇の奥の小部屋に消えていった。随分と親しげな様子だ。他人に壁なんて作ってないじゃないか。

俺が近付いて行くと、真壁教授の娘はパイプオルガンの鍵盤《けんばん》の上に光沢のある赤い布を被せてそそくさと蓋《ふた》を閉めた。さっき、音楽が聞こえた気がしたのは間違いではなかったようだ。

「弾いていてもいいけど」

「久々に触りたくなっただけです。もう、いいです」

「久々?」

「卒業するまでは毎朝弾いてましたから」

「ミサのパイプオルガン係だったのか」

彼女は小さく頷いた。飴色《あめいろ》の木椅子を鍵盤の下に押し入れる。床が擦れる音が控えめにたった。

「じゃあ、さぞ敬虔《けいけん》な信者なんだろうな」

冗談めかして言うと、彼女はついと顔をあげた。

「わたしは神を信じていません」

相変わらず静かな声だった。

「けれど、ここは落ち着きますし、彼もそれでいいと言ってましたから」

彼というのはさっきの神父のことなのだろう。なんとなく見られているような気分になり、祭壇の方に目を走らす。神父が入っていったドアは閉まったままだ。軽く咳《せき》払いをすると、高い天井に響いた。ここは何もかも響く。そして、煉瓦《れんが》造りのせいかひどく底冷えする。

若い女のくせに愛想笑いもせず、無駄なことも話さないので、居心地が悪い。彼女を上から下まで眺めてみる。

真壁教授の娘はリボンタイのついた、ゆったりとした袖のブラウスに黒のスカートを穿いていた。生地は滑らかで、スカートは彼女が身体を動かす度に膝のまわりでふわりと舞う。冷たい横顔、まっすぐな髪、クラシックな服。人形みたいな女だった。寒さなんて感じないように見えた。

「真壁教授の娘なんだよな」と呟くと、涼しげな顔がかすかに揺らいだ。笑っていた。しかし、「それなのに美術は取らなかったのか？」と訊くと、その微笑みは一瞬で掻《か》き消えた。

「……はい」

余韻を残す声。つられて、また訊いてしまう。

「どうして。きっと下手じゃなかったはずだろ」

「まあ、人並みには。けれど、目が肥えてしまっているんでしょうね。落ち込むんですよ、理想と現実の違いに」

彼女は言葉を探すようにゆっくりと話した。

「わかる気がする」

「え」と真壁教授の娘が俺を見た。切れ長の目だった。

「先生にわたしの気持ちがわかるんですか？」

口の端で笑った。まるで格が違うとでも言うような口調だった。かあっと身体が熱くなる。そうだ、この超然とした、突き放すような喋り方が落ち着かないんだ。

「わかるわけねえだろ、言ってみただけだ」

わざと乱暴に言ったのに、彼女は薄い笑みをたたえたままだった。

「これが、絵だ。二度手間にさせてすまなかったな」

紙袋を突きだすと、彼女は「ありがとうございます」と両手で受け取った。そっと絵を引きだして、赤子を抱えるみたいにして腕の中の絵を覗き込む。長い髪が顔にかかって表情がよく見えない。白い頬に落ちた睫毛の影ばかりが目につく。

――二人はいつも一緒でした。

前園瞳が言っていた言葉を思いだす。俺には今も昔も友達と呼べる奴などいないけれど、これくらいの歳の頃はそう呼べる存在が大きなものであることくらいはわかる。

絵を抱く彼女に背を向ける。しばらくすると、絵を紙袋にしまう乾いた音が聞こえてきた。

「この絵、どう思います?」

しんとした声が背後から響いた。

「よく描けていると思う」

「そうですね。品があって落ち着いていて、そして、強い芯《しん》がある。わたしにはとても似ていません」

振り返る。彼女はぼんやりと床に視線を落としていた。

「俺にはあんたの方が落ち着いて見えるけどな。この絵は足掻いているように見える」

「足掻く？」

　彼女は顔をあげると、可笑しそうに言った。

「それはあくまで俺の評価だ。父親から聞いているだろう、ろくな絵も描けずに美術教師になった俺のな。その絵の正しい評価が知りたかったら、父親に見せるといい」

　そう言うと、なぜか穏やかな顔をした。なんだろう、こいつの薄笑いを見るとざらざらとした気分になる。

「父には見せません」

　静かに呟く。

「そうか、まあ好きにしたらいい。じゃあな」

　扉に向かって歩きだそうとすると、彼女は「わたしも出ます」と長椅子に駆け寄った。薄地のボレロをはおり、小ぶりの肩かけ鞄を手に取る。

　一緒に教会を出た。外は一層暗くなっていたが、教会の中に比べれば随分と明るく感じた。灰色に光る空気の中、目を細める。室内の暗い赤が目の奥にまだ残っている。

　五段ほどの石段を一歩ずつゆっくり下りると、彼女は足を止めた。曇り空を見上げる。

「降りそうだな」

　傘は持っているのか、と訊くつもりだった。その時、背後で息を呑む音がした。

　振り返ると、渡り廊下に仁科麻里がいた。まだ、終礼の時間のはずなのに鞄を持っている。

仁科麻里はじっと真壁教授の娘を見つめていた。挨拶をするわけでも、近付いてくるわけでもなく、まるで幽霊を見てしまったような顔をして凍りついている。

真壁教授の娘はすっと顔をあげた。仁科麻里なんか存在していないかのように俺だけを見て、「失礼します」と頭を下げる。ふわりとスカートがひるがえった。コツコツとヒールの音が離れていく。

薄い紙を潰すような音がして、渡り廊下の蛍光灯がついた。

いつの間にか、仁科麻里がそばに立っていた。

「先生、どうして真壁先輩がいるの？」

「お前が連絡したんじゃないのか？　絵を取りにきたんだよ、鈴木って生徒の」

仁科麻里が、歩き去っていく真壁教授の娘を見る。視線の先で彼女は渡り廊下を外れ、グラウンドの方に向かっていく。重い空の下、スカートの裾《すそ》がゆらゆらと揺れながら遠ざかっていく。踊るような足取り。

「なんで、聖堂で渡すの？」

「さあ……ここに呼びだされたんだよ」

俺は旧校舎へと歩きだした。仁科麻里もついてくる。

「二人きりで何話してたの？」

「別に。絵を渡しただけだ」

「先生って聖堂苦手なんじゃないの？　神とか信じてないって言ってたじゃん」

「仕方ないだろ。それよりお前、終礼どうした？」

「なんか途中で横山が具合悪くなってさー」

雨の気配に呼応して、旧校舎の蔦が濃さを増しているように見えた。ざわざわと膨らむように風に揺れる。そういえば、あの娘、今日は蔦を眺めて帰らないのだろうか。

振り返ると、彼女は新校舎の陰に消えるところだった。校門とは逆の向きに曲がったようだ。

「横山さあ、ちょっと無責任なんだよね。最近、すぐ体調を崩して早退するし。あたしたち三年で大事な時期だってわかってんのかね。すげー迷惑なんだけどー」

仁科麻里は喋り続けている。木の階段がみしみし鳴った。なにか、すっきりしない。

校門の逆側に何の用があるのだろう。あの先には駐輪場もない。あるのは新校舎の生徒用玄関くらいだ。そして、校務員室。

「ちょっと、先生。聞いてる？」

突然、シャツの袖を引っ張られた。仁科麻里はまだ何か不満を言っていたようだ。

「は？」と言うと、大きな溜息をつかれる。

「もう、聞いてないし。あ、今日ってビーノいる？」

美術準備室のひやりとしたドアノブに手が触れた瞬間、別れ際に見た彼女の微笑みがよぎった。

平坦な目をした口元だけの微笑み。

違う。あれは穏やかな顔なんかじゃない。諦《あきら》めだ。そして、静かな決意。あいつ、何をするつもりなんだ。

ドアノブから手が離れた。

「悪い、後で」

そう言うと、階段に走った。

「えっ、どこ行くの？」

仁科麻里の慌てた声がしたが、答えなかった。

「先生！」

廊下を鋭い金切り声が通り抜けた。振り返ると、仁科麻里が拳《こぶし》を握りしめながら叫んでいた。

「ねえ、先生。あたし知ってる！　鈴木先輩の道ならぬ恋の相手！　あたし知ってる！」

派手な叫び声のわりには、懇願するような顔をしていた。ないものねだりをする子供の顔だ。

俺は背を向けると、階段を駆け下りた。

渡り廊下を飛びだして、新校舎を曲がる。視界がひらけた。

終礼の途中なので、グラウンドは無人だった。乾いた地面の真上に黒い雨雲が覆い被さるように広がっている。俺は上履きのままで走り抜けた。空気中に充満した水の匂いと埃っぽい砂の匂いが混じって、鼻の奥で血の味じみた鉄臭さに変わる。身体中の血がどくどくと激しく脈打つ。

校務員室の向こうから、白っぽい灰色の煙が空にたち昇っている。この学校は古いので、まだ焼却炉がある。校内のゴミを燃やすことはほとんどなくなったが、中庭やグラウンドのゴミや落ち葉や木の枝などはたまに燃やしている。

グラウンドの真ん中辺りまで行った時、ふっと細い人影が校務員室の裏手から現れた。真壁教授の娘だ。走る俺を見つめながら、まっすぐ歩いてくる。静かな表情だった。前に立ち塞《ふさ》がると、彼女の手にだらりとぶらさがった紙袋をひったくった。空だった。

「絵をどうしたんだ！」

返事がないのはわかっていた。怒鳴りつけたのに、彼女は微笑みを浮かべたままゆっくりと俺を見上げた。

白い頬を力いっぱい叩いて、細い肩を摑んで揺すぶってやりたい。

そんな衝動が込みあげたが、歯を食いしばり堪《こら》えた。

彼女を突き飛ばし、校務員室の裏に走った。

リヤカーが立てかけられている木の物置の横に、焼却炉はあった。黒い煙突からは煙がもうもうとでている。

真壁教授の娘が追ってくる気配がした。

俺は地面に置いてあった金属製のかぎ棒を焼却炉の取っ手に引っ掛けた。がらん、と鉄製の扉が音をたてて開いて、煤《すす》と火花が散った。熱気で空気が歪《ゆが》む。蠢《うごめ》く赤い火の中に、四角いものが見えた。俺は焼却炉に手を突っ込んだ。

躊躇《ちゅうちょ》する暇はない。

後ろから小さな叫び声が聞こえた。

熱さは感じなかった。毛が焦げた臭いが鼻に届いて、俺は摑んだものを引っ張りだすと地面に叩きつけた。紙袋で何度も叩く。火の粉が弾《はじ》け、火はすぐに消えた。

焦げかけ、布がめくれあがったキャンバスが地面に転がっていた。煤で汚れた画面では黒髪の女生徒がこちらを見つめている。その向こうで、そっくり同じ顔をした真壁教授の娘が立ち尽くしている。

「お前、なにしてんだよ！」

怒鳴りつけると、びくんと彼女の肩が震えた。

「こんなことしてもいいのは描いた本人だけだ！」

そう言うと、彼女はきっと俺を睨みつけた。頰は上気して、険しい目をしている。まるで、焼却炉の炎が燃え移ったようだった。ぞくっとするような気魄《きはく》が満ちていた。

「違います。これはわたしに捧《ささ》げられたものだから、わたしの好きにしていい」

屹然《きつぜん》とした声で言い返してくる。呑み込まれそうになって、思わず叫び返していた。

「あんた、父親にそっくりだな！」

一瞬、彼女は動きを止めた。身体だけではない。彼女の中の何かが凍りついたように見えた。目の奥に点《とも》った火がなだらかな闇に塗り込められていく。そして、またあの微笑みが顔を覆っていった。

ふいに気配を感じて、グラウンドの方に目をやると、数人の女生徒が新校舎の入口付近でこちらを窺っていた。

真壁教授の娘は俺を見つめたまま、一歩下がった。俺が身体を動かすと、ぱっときびすを返した。そのまま、校門の方に駆けていく。

黒いスカートと長い髪が広がり、跳ねた。後ろ姿がどんどん小さくなっていく。

いつの間にか、校門の脇にシルバーのセダンが停まっていた。彼女が助手席に吸い込まれると、車は静かに走り去った。

背中が熱い。火の爆《は》ぜる音がぱちぱちとひっきりなしに響いている。

ぬめるような炎を背後に感じながら、俺は彼女の残像を見つめた。

真壁教授の娘は次の日も、その次の日も現れなかった。

休みが明けて、一週間が経ったが現れなかった。手に負った軽い火傷《やけど》は水疱《すいほう》になり、やがて乾いて焦げ茶色の染みになった。

あの女はもう絵を取りにくるつもりはないのだろう、燃やそうとするくらいだ。絵はずっと俺の手元にあったが、見る気にも処分してしまう気にもなれなかった。

美術部の活動もない放課後、美術準備室でぼんやりしていたらドアを叩く音がした。軽く身を起こしたが、入ってきたのは仁科麻里だった。また椅子の背もたれにだらしなくもたれかかる。

「ねえ、ハッギー、ここで着替えさせて」

先週のことなど忘れたような口調で言う。あれ以来、仁科麻里も姿を現さなかった。

「馬鹿、よそでやれ。女ばっかなんだから、どこだって恥ずかしくないだろ」

「私服に着替えたいの。今から彼氏が車で迎えに来てくれるからさー」

「それ、校則違反じゃねえの。俺も一応先生なんだけど」

「えーみんなやってるよ。うちの学校、お迎え彼氏が車で列を作るの有名じゃない」

真壁教授の娘を迎えに来たシルバーのセダンを思いだした。確かに、あの女にはなんとなく男の気配がある。あの歳で、もうこれ以上は何もいらないという充足が見え隠れしている。どことなく欠乏した雰囲気の姦しい女生徒たちとは違う。

「まあ、どうでもいいけど」

俺は椅子を回して背中を向けた。「やったー」という歓声の後、ボストンバッグのファスナーを開ける音が響く。

「俺、校則違反とか取り締まる気は毛頭ないけど、みんなやっている、とかいう理由振りかざす奴は嫌いだな」

「なんで」

「馬鹿みたいだから」

仁科麻里はしばらく黙っていた。服を着替えるくぐもった音だけが聞こえた。

「じゃあ、先生はさ」

コンとも、ごろんともつかぬ音がした。靴まで履き替えるつもりなのだろう。

「いつでも一人でいる真壁先輩みたいな人が好みなわけ？」

「は？　なんでだよ」

「こないだ追いかけていったし」

「言い忘れたことがあっただけだよ」

「なんか校務員室の裏で喧嘩《けんか》してたって噂になってるよ。先生、あの人だけは止めといた方がいいよ」

俺は大げさに溜息をついた。横山の次はあの女か。

「なんでだよ」

「真壁先輩はヤバいから。中等部の時に先生一人自殺に追い込んでるんだよ。悪戯《いたずら》されたって訴えようとしたらしいよ。結局、表沙汰《ざた》にはならなかったけど。あれ以来、この学校の先生の誰もが腫《は》れものに触るように接していたもん、特に男の先生は。でも、誘ってたのは真壁先輩なんだよ。だからさ……」

「お前さ、そうやって根も葉もない噂広げるの止めろよ」

振り返ると、仁科麻里は「きゃあ」と声をあげた。うるさい。もうしっかり着替え終わっているくせにわざとらしい。

「早く行けよ、彼氏んとこ」と言うと、「まだ化粧直ししてないもん」と言いながら凶器みたいなヒール靴を履く。ミニスカートワンピースから伸びた長い脚を見せつけるようにしてストラップを留める。

馬鹿げている。男がいることとスタイルの良さをアピールして、それで誘っているつもりか。ガキっぽくてまったくそそられない。誘うっていうのはもっと――。

ふいに真壁教授の娘の顔が浮かんだ。

焼却炉の前で俺を睨みつけたあの炎のような目。死んだ鈴木が描いた彼女を彷彿《ほうふつ》とさせる目だった。教会で見た涼しげな薄笑いとのギャップがひどく煽情《せんじょう》的に思えた。けれど、駄目だ。仁科麻里の言うことを信じるわけではないが、あの女にはヤバい気配がある。

あの女は絵を燃やそうとした。あいつのやったことは、学生のデッサンを薄笑いを浮かべながら破った真壁教授と一緒だ。

真壁教授はいかれている。誰より関わり合いになりたくない相手だ。

部屋の隅の本棚に行く。立てかけてある紙袋を取って、袋から絵を半分ほど引っ張りだす。左上部の焦げた麻布は木枠から剝がれ、ところどころに煤がこびりついている。女生徒の白い滑らかな頰が片方黒ずんでいた。気に入っていた左目の下の黒子も煤と区別がつかなくなっている。

なんで、こんなことができるのだろう。

心臓が軋《きし》んだ。哀しみだった。この絵を描いた、死んだ鈴木に対する哀れみじゃない。

俺は死んだ奴の気持ちなんて考えない。

けれど、俺には絵を燃やすことなんてできない。わからない。自らの拙《つたな》い技術と理想の間で落ち込むことができる人間が、どうしてあんなにも冷酷にこの絵を破壊しようと思えるのか。

脱いだ制服をボストンバッグに詰め込む仁科麻里を見つめた。あいつと一歳しか変わらないのに、あの女の落ち着きは何なんだ。真壁教授に次々と破られるデッサンを、為《な》す術《すべ》もなく眺めているだけだった学生たちと同じ歳だっていうのに。

その時、気がついた。あの時の俺とも同じ歳だ。俺がまだ絵を描けていた頃だった。あの時、俺はどうしただろう。真壁教授の手からデッサンを奪い取って、自分で破り捨てたはずだ。

あれは俺のものだったから。

誰かに奪われ、貶《おとし》められるくらいなら、自分の手で壊してしまいたかったから。

聖堂で絵を抱き締める彼女の姿が蘇った。

そうだ、この絵は彼女のものだ。他の誰でもない彼女だけのものだったから、自分の手で始末をつけたかったのだ。

窓辺で化粧をする仁科麻里に向かって言った。

「おい、早く済ませろ。ここ、閉めるぞ」

「えーなに、いきなり」と、仁科麻里が口を尖らせる。

「ちょっと行くところができたんだよ。おい、卒業アルバムに生徒の住所って載っているよな？」

怪訝な顔をして仁科麻里が「多分」と頷いた。

真壁教授の家は学校からさほど離れてはいなかった。

女学院の裏手にある高級住宅地の、最も奥まった地域にあった。

去年、真壁教授の娘の担任をしていた先生に訊くと、彼女は推薦で付属の女子大に進んだとのことだった。女子大は市内にあるので、きっとまだ実家にいるだろう。

真壁教授に会ってしまうかもしれないという可能性は、正直言って相当に気を重くさせた。だが、最近露出が少ないとはいえ、まだ美大に籍はあるはずだし、平日の夕方に家にいる確率は低い。それに、いつかはこの学校に推薦してもらった礼を伝えなければいけない。良い機会かもしれない。

歩いていける距離だったので、自転車は女学院に置いたままにして、歩いて坂を上った。どの家も立派な門構えと庭を持っており、緑の多い地域だった。

山を切り崩して造った住宅地のせいか、急で入り組んだ坂道が無数にある。細い道路横の溝は用水路になっていて、水の流れる音が響いていた。水と植物の匂いが強くたち込めている。至るところでぽつぽつと紫陽花《あじさい》が咲きはじめていた。

日が暮れると同時に雨雲が広がりだし、辺りはどんどん暗くなっていった。重い風があちこちの豪邸の木々や竹林を揺らしていく。まるで茂みに潜んだ獰猛《どうもう》な獣が襲いかかってくるような不穏な音に聞こえて、風が鳴る度に足を止めた。

住所を頼りに辿《たど》りついた先は、コンクリート打ちっぱなしの大きな四角い家だった。周りの古い日本家屋とは趣の違う、明らかに建築デザイナーが設計した現代的な建物だ。けれど、家の前を流れる用水路に架けられた石の橋と、凝ったランプのついた門柱は年代物のようで、ところどころ苔生《こけむ》している。

家の周りは黒い鉄格子で囲まれていたが、その鉄格子を押し倒しそうな勢いで低木が家を取り囲んでいた。深緑色をした、細長く硬そうな葉がびっしりと茂った植物だった。暗くてはっきり見えなかったが、紅色がかった花が咲きかけているようだ。

訪れる人を拒むような、高くて黒い門に近付くと、その植物の圧迫感は一層増した。今にも家を呑み込んでしまいそうだ。

門柱には「真壁秋霖」の文字があった。息を吐いて、インターホンを押す。

反応はなかった。もう一度、押してみる。しばらく待ったが静まり返ったままだった。絵を置いて帰るには雨が心配だ。今日は諦めるか。

半ば安堵しながら、背を向けようとした時だった。

「はい」とインターホンから男性の低い声が聞こえた。

溜息を堪える。俺は観念して、女学校の名前を言った。

「真壁教授でしょうか。ご無沙汰して申し訳ありません。萩原です。今日は娘さんにお返しするものがあって……」

「ああ、見えているよ。君、変わらないようだね」

遮られて、はっと顔をあげる。門柱の上に黒いシルエットが見えた。防犯カメラか。

「娘は今、出ている。もう少しで戻るから中で待つといい。申し訳ないが、私は出迎えてやれない」

感情の読みとれない声だった。オートロックの鍵が外れる音が冷たく響く。それと同時にインターホンが切れた。

入るのは躊躇《ためら》われたが、そっと門を押すと、内側へと音もなく開いた。招き寄せられるようにして門の中に足を踏み入れてしまう。数歩、進むと背後で鍵のかかる音がした。

庭は鉄格子の内側に見えた低木で覆われていた。石を敷き詰めた小道が緩やかにカーブを描きながら四角い家に続いていた。ガラス張りの玄関から灯《あか》りが洩れている。玄関の鍵も開いていた。

玄関扉を開けると、車椅子が目に入った。病院にあるようなものではなく、黒に赤のラインが入った流線形の洒落《しゃれ》たデザインのものだ。

誰が使っているのだろう。真壁教授の父親である高名な日本画家はとうの昔に死んでいる。確か、彼には母親もいなかったはずだ。幼い頃に死んだという噂を聞いたことがある。奥さんのものだろうか。

靴を脱ごうとした時、ふいに誰かに見られているような気がした。

顔をあげると、壁にかけられた白い顔と目が合った。

女の能面だった。

滑らかな白い額、切れ長の目、薄くひらかれた口。微笑んでいるように見えて、何の表情も浮かべてはいない。自我というものが欠落した顔。いや、欠落すらしていない。そんなものは端《はな》から存在してはいない、とでも言うような悠然とした完全な無表情だ。見覚えがあった。俺はしばし、能面と見つめ合った。

どんな色にも染めることができる女の顔。

「あ」

思わず声がもれた。

似ていた。真壁教授の娘が浮かべる微笑みにそっくりだった。

身体の力が抜けていくような気がした。手に持った紙袋を握り直す。これを持ってきたことはやはり間違いだったんじゃないだろうか。彼女は何も欲していないのかもしれない。しかし、今更もう引き返すわけにはいかない。

能面から目を逸らし、まっすぐな廊下を進んだ。壁にも廊下にも余計なものは一切ない。コンクリートの壁から冷気が伝わってくる。

廊下の突き当たりにぼんやりとした灯りが点っていた。

ドアの向こうはがらんとした吹き抜けのダイニングルームだった。ドアがある面の壁は天井までの本棚になって梯子《はしご》がかけられている。本棚の真ん中には、二階から延びたキャットウォークもついている。入って右手には大きな窓。反対側には螺旋《らせん》階段があり、二階に続いている。恐らく上が居住空間なのだろう。一階はモデルルームのように生活感がなかった。

照明は部屋のあちこちに置かれたスタンドやランプの光だけで、全体的に薄暗い。

「暗すぎるかな」

心臓が跳ねた。声はソファセットの向こうの大きな窓の辺りから聞こえた。

目を凝らすと、寝椅子のような一人掛けのソファに上半身を起こして横たわる真壁教授が見えた。足元は深いグレーの膝かけで隠れている。

「私にはこれくらいの明るさがちょうど良くてね。夕方は庭が仄《ほの》かに光って見える」

静かな声。離れているからといって大きな声をあげるつもりはないようだ。仕方なく数歩近付く。

「こんな格好で失礼。思うように身体が動かなくてね」

玄関の車椅子は真壁教授のものだったのか。「いいえ」と言いながら、もう少し近付く。目が慣れてきた。真壁教授の青白い横顔が暗い窓に映っている。

「君の作品ははっきり覚えているよ、君の顔よりずっとね。リアルで徹底的な描写をしたよね、テンプレ的だとかオリジナリティがないとかいう意見を恐れもせずにね。私はそこは好感が持てたよ」

大学の時と声はまったく変わっていない。静かな抑えたトーンで、ゆっくりと話す。

ただ、主語は「僕」から「私」に変わっていた。そして、その分だけ老け込んだように見えた。

「真壁教授、臨時教員のお話をありがとうございました。お礼が遅くなってしまい、申し訳ありません。その上、体調が悪いところに突然お邪魔してすみません。早々にお暇《いとま》します。この絵を娘さんに渡していただけませんか」

早口で言うと、「ふ」と軽く笑われた。

「君も大人になったみたいだね。でも、学生の頃の方がましかな。私の身体のことは気にしなくていい。ちょっと大きな手術をしてね。それ以来、ずっとこうなんだ。いい眺めだろう」

「別に僕は……」

「冗談だよ」と、教授は俺の顔を見上げた。

娘と同じ切れ長の目。髪には白いものが交じりはじめていたが、もの柔らかな顔の印象は変わらない。むしろ、灰色がかった髪は色白の肌によく馴染《なじ》み、色気すら漂わせていた。なんの病気か知らないが、病んでも尚《なお》、独特の毒気を含んだ冷ややかな空気は健在だった。

むしろ、凄《すご》みが増したようにすら見える。自分とは異なる生き物の生命力に触れた時のようにかすかに背筋がぞっとした。

「絵を返しに来たって？彼女は絵なんか描いていたのかな」

自分の娘だというのに他人事《ひとごと》のように言う。

「いえ、娘さんのではなく、娘さんを描いた絵です」

「へえ」と真壁教授は薄く笑った。黒目はまったく動かない。

「君、また描きはじめたの？　てっきり、やめたとばかり思っていたのに。そうそう、ちょうど君の父親が亡くなった頃にやめたよね」

すうっと血の気がひいた。なのに、心臓は音をたてて震えていた。どうして、この人がそのことを知っているんだ。

「良いことだね」と、真壁教授は表情を変えずに続けた。

「君の絵はまた見たい。でも、あの子を描くのは止めた方がいい」

「え」

「あの子はミューズなんかじゃないからね。彼女はサロメさ」

「サロメ」

「ああ、その証拠に君はこうして我が家を訪れている。できれば二度と会いたくないと思っていた私の家をね」

単調な声だったが、脅しのように聞こえた。近付くな、という低い警告が生気のない目に込められているようだった。

気がつくと、俺は絵の入った紙袋を強く握りしめていた。

窓が小さく鳴った。ぽつぽつと小刻みな振動が暗闇から伝わってくる。

さっき自分が言ったことなど忘れたような穏やかな声で真壁教授が言った。

「降ってきたね。庭の夾竹桃《きょうちくとう》が喜ぶな。湿気を好むんだよ」

「夾竹桃」

俺はまた馬鹿みたいに繰り返す。

「ああ、咲きかけているだろう」

外はもう真っ暗だった。花なんか見えない。

「カーテン閉めましょうか」

やっと絞りだした俺の言葉を、真壁教授は「いや」と静かに退けると、ゆっくりと呟いた。

「梅雨がはじまったね」

雨が降り続いている。

真壁教授は窓を見つめたまま動かない。窓の外はべったりとした闇だ。家の周りに生い茂った植物が、通りの音も光も吸い込んでしまうのだろう、ひどく静かだ。

一体、何を見ているのだろう。俺には何も見えない。カウチの背もたれに身体を預けているが、眠ってはいないのが気配でわかった。重い緊張感が暗い部屋に満ちている。なのに、心臓が脈打っていた。鼓動が聞こえやしまいかと、落ち着かない気分だった。

一言も喋れない。息苦しさを覚えながら、ただただ真壁教授の背中を見つめた。

親父のことを思いだしていた。インテリの真壁教授とは見た目も喋り方も似ても似つかなかったが、圧迫感のある空気が奴を彷彿とさせる。

親父とは大学に入るまで同じ屋根の下で二人きりで暮らした。俺はなるべく家を空けるようにし、家にいる時は六畳の自分の部屋に籠《こ》もった。見ないようにしていても、襖《ふすま》を隔てた隣室からは奴の様子が手に取るように伝わってきた。

親父は癇癪《かんしゃく》持ちだった。酔いが深まるにつれ、隣室の空気は澱《よど》み、どろどろとした鬱憤が充満していくのを感じた。俺は無視することも逆らうこともできず、ひたすら部屋で息を殺していた。親父はいつも母親を殴っていたが、母親がいなくなっても俺には滅多に手をあげることはなかった。あげたとしても次の日になると泣きながら謝ってきた。

その代わりに、親父は酔うと罵りながら物を壊した。連れ込んだ水商売臭い女を殴ることもあった。親父の怒声も食器の割れる音も女の喘《あえ》ぎ声や悲鳴も聞きたくなかったが、何も聞こえてこない時が一番緊張した。酒臭い熱い息が首筋にまとわりついてくるような錯覚に襲われながら、いつ癇癪が起きるか気が気でない時間を過ごした。

そんな親父がめっきり黙り込むことがあった。俺が絵を描いている時だ。親父は俺の絵を目にすると、ぼんやりとした目をして立ち尽くした。そして、しばらく見つめると背中を向け、黙って部屋を出て行った。

最初は俺の絵に気圧《けお》されているのだと思い、得意になった。だが、だんだんと親父の目が鬱陶しくなった。あまりに平坦な目をしていたからだ。感情を失ったような虚ろな目で絵を見つめられると、胸の裡《うち》がざらざらした。そんな目で見るな、と叫びながら親父に摑みかかりたい衝動が込みあげた。そういう気分になるのは絵を描いている時だけだった。俺が鉛筆や絵筆を握ると、まるでそれが鋭利な刃物であるかのように親父は目を逸らし、家の中で俺と親父の力関係は逆転した。

暗闇にじっと目を凝らす真壁教授の後ろ姿を見つめながら、ふいに思った。あの凶暴な衝動は殺意に近かったのかもしれない。

突然、部屋中に真っ白な光が降りそそいだ。照明に目が眩《くら》む。

「おとうさん！」

幼い子供のような叫び声がした。斜め後ろで、バサバサと紙が落ちる音が響く。振り返ると、真壁教授の娘が立っていた。足元に新聞やチラシや大小の封筒が散らばっている。

彼女が明かりをつけたおかげで、奥に大きなダイニングテーブルがあるのが見えた。その向こうには厨房《ちゅうぼう》とでも言ったほうがしっくりくるような台所が冷たく光っている。思った以上に広い。

彼女はひどく怯えた顔をしていた。が、俺と目が合うと、さっと眉間に皺が寄った。みるみる困惑と狼狽の入り混じった表情に変わっていく。

絞りだすような声で「なんで、あなたが……」と呟いた瞬間、真壁教授がゆっくりと言った。

「おまえにお客さんだよ」

弾かれたように彼女が動いた。俺の横を音もなく駆け抜け、カウチの傍らに膝をつく。白いスカートが床にふわりと広がった。笑いを含んだ声で真壁教授が言う。

「あんな大声をだして。私が死んだとでも思ったかい？」

彼女はかぶりを振ると、真壁教授の耳元で囁いた。

「あの人、どうして入れたの？」

俺の存在は完全に無視だ。なんて娘だ。父親も父親で、娘のそんな態度をたしなめもせず、黒髪に手を伸ばすと、ほつれた部分をそっと撫でつける。

「いけなかったかい？　おまえに返すものがあるそうだよ」

慈しむような声音だった。真壁教授が誰かを「お前」と呼ぶのを聞いたのも、優しげに他人に触れるのを見たのも初めてだったので、ぎょっとした。見てはいけないものを見てしまった気がした。

娘はちらっと俺を振り返った。俺の手の紙袋に目を留めると、「勘違いです」とはっきりした声で言う。

「わざわざ持ってきていただいてありがとうございます。でも、それはわたしのものではありません。申し訳ありませんが、お持ち帰り下さい」

落ち着いた声だったが、激しさがこもっていた。

勘違い、という言葉でかっと頭に血がのぼった。教会でこの絵を抱き締めたのは誰だ。

そう怒鳴り返そうとして彼女を見ると、彼女の顔がくしゃりと歪んだ。

はじめて見る表情に、言葉を失う。

彼女は俺に懇願していた。お願い、絵のことは言わないで。そう、はっきりと伝わってきた。なまぬるい甘美な痺《しび》れが尖った気持ちを溶かしていく。

「私は上に行くよ。後は二人で話すといい」

ふいに真壁教授が言った。膝かけを払い、カウチの下に置かれた杖《つえ》を持ちあげる。

「もう、話はないわ」

「萩原くんはありそうだよ」

真壁教授は上半身を起こし、脚をカウチから下ろした。ズボンごしでもわかる細さだった。

「でも……」

「手を貸してくれるね」

静かな声だった。彼女は目を伏せると、真壁教授の腕を肩にかけた。支えながら立ちあがる。ぴったりと寄り添った二人は、肌の白さといい、線の細さといい、あまりによく似ていて、かすかに背筋が冷たくなるほどだった。彼らは親子というよりは、対の人形のように見えた。

二人は俺の横をゆっくりと通り抜けていき、螺旋階段の手前で振り返った。

「久々に話せて愉《たの》しかったよ。また、来るといい。サロメの話の続きでもしよう」

本気とも冗談ともつかぬ声で真壁教授が言う。俺は「お邪魔しました」とだけ言って、頭を下げた。

顔をあげると、真壁教授はまだ俺を見つめていた。薄く笑っている。

「ああ、でも、君は象徴主義的な絵画は苦手だったよね。描くのも、観るのも。どんなに素描力や写生力が優れているものでも、君は写実的な絵画の方を好んだ記憶がある」

親父の死んだ時期といい、どうしてこの人が知っているのだろう。ほとんど関わりはなかったはずなのに。

「もう忘れました。それに、絵をやる気はもうありません」

そう言うと、真壁教授は「ふうん」と目を細めて、わずかに顎《あご》を揺らした。

彼女は、話す俺たちを険しい目で見つめている。真壁教授が身じろぎすると、すっと顔を向けた。

「雨がひどくなってきたから、送って差し上げなさい。夕飯はまだいいから」

彼女は口をひらきかけたが、真壁教授が「あまりお腹がすいていないんだ」と微笑むと、小さく頷いた。促され、従順な仕草で父親の身体を支える。ひと塊になった影が一歩一歩階段を上っていく。危うげな足取りだった。

彼女が父親の一挙一動に目も神経も凝らしている様子がひしひしと伝わってくる。父親が足を踏み外したなら、一緒に階段を転げ落ちるんじゃないかとすら思える。薄気味悪いほどに距離が近い。同じ親子でも、俺と死んだ親父からは想像もつかない近さだと思った。

二人の姿が階段から消えると、降りしきる雨の音が急に大きくなったように思えた。

ソファに腰掛けて待った。雨にまぎれているのか、二階からは何の物音も聞こえてこない。十分ほど経つと、真壁教授の娘がひっそりと階段を下りてきた。

無表情のまま、まっすぐ歩いてくる。俺の前に立つと、手を揃えて頭を下げた。長い髪がさらさらと流れる。

「さっきはすみませんでした。絵のことを父に黙っていて下さってありがとうございます。でも、こんな風にいきなり来るのは止めて下さい」

白く滑らかな額がすぐ近くにあった。さっき、俺を邪険に見て真壁教授の傍《そば》に駆け寄った仕草を思いだした。本当は俺なんかに頭を下げたくはないんだろうな。お辞儀なんかより俺の足元に跪かせたら、さぞ気持ちいいだろう。

そうな垂れる彼女を見つめながらそんなことを思っていると、ぱっと彼女が顔をあげた。目が合い、慌てて俺は立ちあがった。

「わかったよ。まあ、知られたくないこともあるよな」

彼女はぼんやりした目で俺を見上げた。

「でも、本当は駄目なことです……父に隠しごとなんて」

「そうか？　いくら仲良くたって隠しごとくらいあるだろう、親子なんてさ」

彼女は弱々しく微笑みながら言った。

「うちは違います」

妙に甘い声だった。ぞわりと鳥肌がたった。そんなものだろうか。余程厳しく育てられているのか、いいとこのお嬢様だからなのか、どちらにしても俺には理解できない。どんなに気難しくたって、ただの父親じゃないか。

心の中でそう呟いた途端、暗い窓の外を見つめる真壁教授の後ろ姿と、自分の父親の澱んだ気配が脳裏をよぎった。そうだ、ただの、父親だ。

溜息を吐《は》く。今日はもう疲れた。早くこの家を出て、煙草が吸いたい。

「で、これ、どうしたらいいんだ」

投げやりに言って紙袋を持ちあげると、彼女は俯《うつむ》いてしまった。今日の彼女は女学院で会った時より表情が豊かな気がする。前は悠然とした印象が強かったが、今日はあまり構えた感じがない。家にいるせいだろうか。俺は息を吸い込んで、言った。

「こないだは怒鳴って悪かった、鈴木とあんたがどんな関係だったかも知らないのに。あんたの言う通りだ。これはあんたのものだから好きにしたらいい。言い訳をするわけじゃないが、それだけを言いたくて来たんだ。困らせようと思って来たんじゃない」

彼女はゆっくりと顔をあげた。迷っているのか、まだ瞳《ひとみ》は揺れている。だが、視線は俺の手の紙袋に注がれていた。

「ほら」と紙袋を突きだす。

手をあげかけて、彼女はくるりと背中を向けた。

「おい」

声をかけたが、まっすぐ廊下へ出ていく。すぐに俺の靴を持って戻ってきた。俺が靴をひったくって紙袋を渡そうとすると、すっと一歩後ろに下がった。

「こっちに」と、背筋を伸ばして玄関とは逆の方向へ歩きだす。途中で、床に散らばった封筒や新聞を拾い集めると、ダイニングテーブルの上に載せた。俺をそっと見上げて、また進む。

暗い台所を通り過ぎる。銀色のシンクや調理台がひっそりと光っていた。彼女は食器棚とワイン棚が並ぶ細い通路に入った。片側は食品庫になっているのか取っ手がついている。彼女は振り返ると、「こっちから出ましょう」と言った。

通路の奥のドアが開くと、頬に雨粒が飛んできた。センサーがついているのだろう、ライトがぱっと庭を照らしだした。白い砂利の小道が濡れた黒い土に浮きあがる。

彼女は先にコンクリートの段差を下り、傘をひらいて俺に差しかけてきた。「いい」と払い除《の》けようとしたが、彼女は俺の手を押し戻した。

「お願いがあるんです」

息がかかるほどに近かった。雨の匂いに混じって何かが香った。皮膚の裏をぞわぞわさせる匂い。赤い傘がライトを受けて、彼女の額と頬を赤く染めている。カーディガンから覗いたなめらかな胸元にも赤がさす。ああ、これは女のにおいだ。

「今度の日曜、一緒に海に行ってくれませんか。それまで、この絵を預かっていて欲しいんです」

「なんで俺が……」

「お願いします。うちには置いておけません」

押し殺した声だった。傘をきつく握りしめている。狭い傘の中に彼女の湿った息と香りがどんどん満ちて、甘く絡みついてくる。風が吹いて、家を取り囲む植物がざわざわと音をたてた。

俺は身をよじって傘からでると、砂利の小道を外れた。靴がぬかるんだ土に浅く埋まる。

俺たちは雨の中、しばらく見つめ合った。真壁教授の娘は目を逸らさず、小道に立ち塞がったまま動かない。譲る気はないようだ。

言う通りにするのは癪だった。けれど、彼女が絵の始末をどうつけるか気にならないと言えば嘘になる。海で何をするつもりなのか。一度、目を逸らして、また彼女を見つめる。

もうここまで関わってしまったんだ、止むを得ない。

根負けして、「わかったよ」と溜息をつくと、彼女も小さく息を吐いた。

「ありがとうございます」

待ち合わせの場所と時間を指定すると、彼女はやっと小道を歩きだした。濃い桃色の蕾《つぼみ》をつけた茂みがどんどん増えていく。硬く尖った葉がぶつかってくる。真壁教授が夾竹桃と呼んでいた植物だろう。随分と生命力が強そうだ。植物の向こうに四角い屋根が見えた。

「あそこがガレージです。お送りします」

「まさか、あんたが運転するのか」

「はい。意外ですか？」

運転手でもいるのかと思っていた。

「ああ」と答えると、「わたしも意外でした」と彼女が言った。

「父があなたを家に入れるなんて。父は人の好き嫌いが激しいので」

「知っている」

雨と風のせいでよく聞こえなかったが、かすかに彼女が笑った気がした。気のせいかもしれない。家に入れてもらえたからといって、自分が真壁教授に好かれているとは思えない。彼が、猫が捕らえた獲物をいたぶるように学生たちを壊してきたのを、俺は見てきたから。けれど、それを娘に伝えるほど悪趣味でもない。

話を変えるために、母親のことを訊いてみた。

「母はいません。ずっと父と二人きりです」

「じゃあ、あんたが家のことを全部やっているのか？　大変だな」

「週一回、ハウスキーパーの方が来ます。父の調子が良くなるまでは、大学は休学するつもりです。今までは父がわたしの面倒を見てくれていたのですから、大変だとは思いません」

こと父親に関してはよくできた娘なんだな。同じ二人きりでも、うちとは随分と違う。

さっき真壁親子が一緒に階段を上がっていくところを見てから腹の底が重い。その理由はきっと劣等感だ。俺は唯一の肉親をまともに愛せず、むしろ憎んでいたから、圧倒的な親子の絆《きずな》を見せつけられると怯《ひる》んでしまう。あまりに遠くて。

黙っていると、また彼女が話しだした。

「わたし、母親の記憶があまりないんです。臭い人だったとしか」

「臭い?」

「煙草とアルコールで爛《ただ》れてしまった粘膜の臭いってわかります? ああいうの、すえた臭いって言うのでしょうか。けれど、外見だけは着飾って、たくさんの香水と化粧品で華やかにしていて、すごく女臭かった。それらがごちゃごちゃに混じり合った臭いを覚えています。だから、学校のトイレとかが苦手でした。女性特有のもわっとした匂いに、血や整髪料や化粧品が混じっていて、吐き気がしました」

今日は随分とよく喋る。まるで何かのスイッチでも入ってしまったかのようだ。父親が俺を家に入れたから、彼女の中の警戒心が解けたのだろうか。いつの間にか俺はまた赤い傘の中にいた。

「育児放棄されていたのだと、父は言いました。父はそんな母からわたしを救ってくれた人なんです」

「俺も母親の記憶はほとんどない」

「亡くなったんですか？」

「俺を捨てて逃げたんだ」

　そう言った時、小道を外れたまま歩いていた俺の足に何かがぶつかった。石の置物のようだった。夾竹桃の根元に半ば埋もれている。

「それはみおの墓です」

　彼女が足元を見つめながら言った。

「みお」

「小さい頃に飼っていた犬です。不思議なことに、ここの夾竹桃だけ遅咲きなんです」

　真壁教授は確か動物嫌いだったような覚えがある。彼女が母親といる時に飼っていたのだろうか。じゃあ、なぜこの家に墓があるのだろう。目を凝らすと、石の置物には蔦が巻きついていた。蔦の葉に覆われているせいで、石像が何をかたどったものなのかはよくわからない。

「蔦が」

　そう呟いたが、彼女は返事をせずに進んでいく。傘が夾竹桃の枝にぶつかり、滴が俺の肩を濡らした。聞こえなかったのか、あえて聞こえないふりをしているのか判然としない。

蔦の葉は学校のものと同じかたちをしていた。女生徒たちが話していた「離れぬの蔦」の言い伝えを思いだす。死んだ鈴木のポケットには蔦が入っていたと、女生徒たちは噂していた。

赤い傘が夾竹桃の茂みに消える。追うと、彼女はガレージ脇の小さな門の前で背中を丸めていた。鉄格子の古い門だった。閂《かんぬき》を外す軋んだ音が響く。横のガレージもところどころに罅《ひび》が入っていて古そうに見える。

「家は建て替えたんですが、裏の方は昔のままなんです。元は祖父の別宅でした」

門に手をかけた彼女を押しのけて道路に出る。驚いた顔の彼女から傘を奪い、絵の入った紙袋をジャケットの内側に入れて抱く。「送らなくていい」と振り返らず言うと、暗闇の中、濡れた坂道を走った。

背後で彼女が声をあげた気配がしたが、雨風に揺れる木々のせいで聞き取れなかった。傘があったにもかかわらず、女学院に戻った時には全身ずぶ濡れになっていた。紙袋は湿っていたが、中の絵は濡れてはなさそうだった。

新校舎は職員室と玄関の明かりしか点いていない。校庭には誰もいなかった。水を滴らせながら渡り廊下を歩く。旧校舎の窓はどれも真っ暗だった。壁は生い茂る蔦で黒く染められている。

彼女の身体を押しのけた時の頼りない感触が、冷えきった腕に残っているのを感じながら、暗闇に沈む旧校舎を眺めた。

真壁教授の言った「サロメ」が気になった。

何かの喩《たと》えなのだろうが、本来、サロメとは聖書に出てくる少女の名だ。といっても、新約聖書には「ヘロディアの娘」としか記述されていない。聖書を読んでいるはずの仁科麻里たちに訊いてみても、「サロメ？」と皆、首を傾げたくらいだ。

聖書の中で、ヘロディアの娘であるサロメはヘロデ王の前で見事な舞を披露して、なんでも望みの褒美を与えると言われる。サロメは盆に載った洗礼者ヨハネの首を所望し、ヘロデ王は約束通り人民から慕われていたヨハネの首を切らせてしまうという悲劇が起きる。黒幕は母親のヘロディアで、サロメは母親に言われるがままヨハネの首をヘロデ王に乞《こ》うたのだった。

自分の娘を喩えるにしてはあまりに不吉な話だ。

ただ、美術の世界では、サロメの話は現代に通じる肖像画が描かれるようになった十四世紀頃から多くの芸術作品の題材となる。ヘロデ王の前で舞うサロメや、盆に載ったヨハネの首を抱くサロメは、裏で糸をひく母親と共に、頻繁に絵画のモチーフにされた。当初のサロメは何も知らない無垢《むく》な娘として描かれた。しかし、十七世紀に科学革命が起き芸術は力を失っていく。

分厚い西洋美術史の本をめくっていると、吉沢先生が怪訝な顔で俺を窺っているのに気付いた。「これ、使いますか？」と尋ねると、慌てた様子で「いえ」と首を激しく振る。あたふたと席につき、ノートパソコンを開いたので、本に意識を戻す。

雨は昨夜から止む気配がない。

サロメが再び芸術家たちの関心を集めるのはそれから二百年後。十九世紀末から二十世紀初頭にかけての世紀末芸術の頃だ。オスカー・ワイルドが戯曲「サロメ」を書き、オーブリー・ビアズリーの挿し絵と共に注目を浴びた。この戯曲の中のサロメは洗礼者ヨハネに恋をする。けれど、手ひどく拒絶され、自分の想いを成就させるためにヨハネの首を切らせる。ビアズリーの描いた、血塗《ちまみ》れのヨハネの首に口づけしようとするサロメは有名だ。

恐らく、世間一般の人がサロメと聞いて思い浮かべるのは、この強烈な悪女だろう。そのせいで、サロメはファム・ファタールと呼ばれる女の代表格のような存在になった。

ファム・ファタールとは「運命の女」という意味で、男を狂わせ破滅へと導く悪女のことだ。同時に芸術家にインスピレーションを与える象徴的な女でもある。社会的、肉体的な破滅は時として、精神的な救済をもたらす。世紀末芸術における芸術家たちは、こぞって自分の作品に霊感を与えてくれるファム・ファタールを求めた。

だが、このような新しいサロメ像を最初に見つけだしたのはオスカー・ワイルドではない。彼が戯曲を出版する十数年前に、「出現」という絵でサロメを描いた画家がいた。

「萩原先生」

突然、吉沢先生が口をひらいた。いや、気付かなかっただけで何回か呼んでいたのかもしれない。俺が顔をあげると、「あ、邪魔したみたいですね」とおどおどと目をさまよわせた。

「いえ、何ですか」

抑えようとしても刺々しい声がでてしまう。俺は昔から集中している時に声をかけられるのが大嫌いだ。無意識の時に自分の領域に入ってこられると、つい攻撃的になってしまう。それでなくても、他人に干渉されるのは苦手だ。

だから、学生時代はずっと独りだった。あの頃は今よりもっと気が短く、からかわれれば、先輩だろうが女だろうが容赦なく叩きのめした。絵を描いている時の俺に近付いてくるものはいなかった。

「最近、横山先生と話しましたか？」

「いいえ」

そっけなく答えると、しばらく黙る。が、また顔をあげた。

「受け持ちのクラスのことで悩んでいるみたいなんです」

「俺、担任になったこともないし、そういうの無理ですって。先生が相談に乗ってやればいいじゃないですか」

溜息と共に言うと、吉沢先生は「でも、人目につくと噂されてしまいますし。それだと余計……」とぶつぶつ呟いた。なんだそれは。自意識過剰にも程がある。それに、臨時教師の俺なら噂になってもいいって言うのか。

本に目を戻しかけて、思いだした。真壁教授に心酔している吉沢先生なら何か知っているかもしれない。

「吉沢先生」と言って立ちあがると、吉沢先生はびくっと細い肩を縮こめた。

「ちょっと教えていただきたいことがあるんですけど」

無理に笑顔を作って、机に近付いていく。吉沢先生は安心したのか、「なんでしょう」と口の片側を弛《ゆる》ませた。

「真壁教授の奥さんってどんな方だったか知りませんか？　僕、ご結婚なさっていたことも、娘さんがいたことも知らなかったものですから」

「ああ」と、吉沢先生は急に勢いよくパソコンのキーボードを叩きはじめた。

「娘さんの認知はされていますが、ご結婚はされてなかったと思いますよ。相手の方は自由奔放な女性だったようで、真壁教授とはフランス留学中に知り合っています。その後も別れたり復縁したりを繰り返してましたが、教授が帰国して、美術評論家として名が知られるようになった頃には、ぷっつりと切れていますね。娘さんの誕生も教授は知らなかったみたいです。その後、娘がいることを知り、引き取りました。けれど、そのことが原因で、教授はご自分の一族と縁を切っています。だから、彼は親の七光で美術界に名を馳せたわけではないんですよ」

「なんでそんなに詳しいんですか」

吉沢先生はうっすら得意げな表情を浮かべた。

「まあ、一部では有名な話だからですよ。教授は彼女と別れてから一切浮いた噂がないんです。ああ、やっぱり画像はありませんね。でも、絵はありますよ」

「真壁教授の描いた絵が？」

思わず大きな声がでてしまい、吉沢先生は心底呆《あき》れた顔をして俺を見た。

「本当に何も知らないんですね。その女性が有名な理由は、教授が彼女の姿を油絵で描いているからですよ。それも二十代でやめてしまいましたが。はい、これです」

吉沢先生が画面の「澪《みお》」と書かれたファイルをクリックする。

「これは？」

「みお。絵の題名です。確か、彼女の名前だったはずです」

聞き覚えのある名に、一瞬、混乱した。「みお」は真壁教授の娘が飼っていた犬の名前だ。俺は昨夜、夾竹桃の根元にあるその犬の墓を見た。あんなことを言っていても、内心は母親が恋しくて犬に同じ名をつけたのだろうか。

吉沢先生が「どうぞ」と、パソコン画面を俺の方に向けた。

ゆるやかなウェーブのかかった長い髪の女性が椅子に座っていた。女性は白い下着のようなワンピースを身につけ、脚をひらいてくつろいだポーズをとっている。片手には読みかけの本。窓から差し込む光が、身体の片側を照らしている。

白い肌、細い手足、艶のある黒髪に整った顔立ち。真壁教授の娘に恐ろしく似ていた。ただ、目と表情が違う。絵の中の女性は挑発的な顔をしている。そのせいか、未発達にも思える薄い身体は妙な艶《なま》めかしさをまとっていた。けれど、これは描き手の見方によるものかもしれない。

「娘さんにそっくりでしょう」

耳元で囁かれて鳥肌がたった。けれど、目を逸らすことができない。その絵には、歪みのようなものが強くでていた。偏執的といってもいい。女性の髪の質感や目の輝き、肌のきめ細かさ、足首からふくらはぎへの曲線、衣服の皺、それどころか窓やカーテンといった部屋の細部に至るまでが、執拗な筆遣いで描かれている。その熱っぽい描写は皮肉屋で冷静な真壁教授の印象とは結びつき難かった。

絵の中の女性は美しかったが、どろりとしたものを放っていた。それを強烈な魅力だと感じる人もいるだろう。けれど、俺には禍々《まがまが》しく思えた。技術的に優れている絵なだけに余計に歪《いびつ》だった。死んだ鈴木という女生徒が描いた真壁教授の娘の絵が、清らかなものに思えてくるくらいだ。真壁教授がこんな欲望に溢れた感情的な絵を描いていたなんて信じられない。

「この女学院に来て、娘さんをはじめて見た時は驚きましたよ。教授はさぞ溺愛しているでしょうね」

吉沢先生が共犯者めいた笑みを浮かべる。「他にも見ますか？」とパソコンのキーボードに手を伸ばす。

たような気分だ。

「いや、もういいです」と呟いて、机を離れた。なんだか強い酒を無理やりに飲まされ

窓に近付き、灰色の空を見る。窓に雨粒がぶつかって流れていく。ぼんやりとした色の視界に目が休まるのを感じた。

「すごい絵ですよね。これが埋もれてしまっているなんてもったいない。まあ、教授にしたら、もう見たくはない絵なのでしょうけど。彼女は教授のファム・ファタールってやつだったんでしょうかね。僕はね、いつか真壁教授の研究論文を書きたいんですよ。彼くらい面白い経歴を辿った芸術家はそうそういないのに、このままだと忘れ去られてしまう。許可がいただけないのなら、亡くなった後でもいい。そう思っているくらいなんです」

吉沢先生は眼鏡の縁を触りながらひっきりなしに喋った。

俺は適当に相槌《あいづち》を打つと、本棚の前に行った。どうしてここの蔵書が豊かなのかも、なぜ教育熱心でもない吉沢先生がここに居続けているのかも、わかったような気がした。

びっしり並んだ画集の中からギュスターヴ・モローのものを抜きだす。モローは聖書や神話を独自に解釈し、卓越した描写力で幻想的な絵を描いた。象徴主義絵画を代表する画家の一人で、オスカー・ワイルドより先にファム・ファタールであるサロメ像を見《み》出《いだ》した。

俺は高校の頃、ギュスターヴ・モローの絵に魅せられた時期があった。母親の支配を

感じさせない破壊的なサロメに憧《あこが》れた。なんだかんだ親父から離れることができない自分を変えたかったのかもしれない。

画集のページをめくる度に精密で装飾美に溢れた絵が現れる。懐かしい。けれど、美大に受かって一人暮らしをするようになってからは、俺はこういう観念的な絵を自分の中から排除した。在るものを在るがままに描いていこうと思った。

「出現」のページで手が止まる。最も好きだったサロメの絵だ。

吉沢先生はいつの間にか大人しくなっていた。自分の机に戻り、ゆっくりと画集を広げる。

宮殿の広間に、ヨハネの首が光り輝きながら浮かんでいる。盆はなく、宙に浮いた首からは鮮血が滴り落ちている。その首をサロメがまっすぐに指している。サロメは胸や脚を露《あら》わにし、豪奢な宝石類を身につけ、まるで睨みつけるように首だけになったヨハネを見つめている。堂々としたその姿には神々しさすら漂っている。

母親らしき人物は画面の端に追いやられ、支配の影すらない。聖書では名前すらなかった存在が完全に独立している。一見すると、まさに自我の芽生えたサロメといった感じだ。空中に浮かぶヨハネの首といい、はじめてこの絵を見たものは、その斬新な解釈にさぞ驚いたことだろう。

けれど、改めて眺めると昔とは違う感想が湧いた。

このサロメは何を考えているのだろう？

この絵のサロメがヨハネを愛しているようには見えない。母親の言いなりでもない、自分の欲望のためでもない。だとしたら、どうして彼女はヨハネの首を求めたのか。答えは明白だ。善悪の区別もつかない生来の悪女だから。そうするように生まれついたから。それ故、このサロメは聖性すら帯びるほどに超然としている。血でも愛情でもなく、生まれつきの運命に縛られたこの女は、今まで描かれてきたどのサロメよりも自我が欠落しているのではないかと思った。

サロメが指す首が俺への警告に思えた。

土曜まで雨が降っていたが、日曜の朝には晴れ間が覗いた。

俺は洗濯物を干すと、坂道を下りて街へ行き、喫茶店で遅めの朝食を摂《と》った。それから、海の方へ向かう二両のローカル電車に乗った。沿線の寺にある紫陽花が見ごろらしく、駅内は観光客で溢れていた。手に持った女物の赤い傘が恥ずかしかった。

真壁教授の娘が指定した駅は地元の人しか使わないようで、俺の他にはスポーツバッグを持った学生の一団とキャリーバッグをひいた年寄りしか降りなかった。

改札を出ると、すぐに彼女と目が合った。襟のひらいた黒いワンピースを着て、クラシックなデザインのエナメル靴を履いている。海に行く服装ではない。

「ありがとうございます」

彼女は傘を手に取ると、俺の先にたった。どことなく磯の匂いが混じった風が吹いて、彼女の髪とワンピースの裾が踊るように揺れた。

小さな商店街を抜け、踏切を渡ると、妙に道幅が広い住宅街に入った。空き家が多く、停めてある自転車や電信柱の看板には赤錆が浮いている。彼女は風の吹いてくる方へどんどん向かっていく。

ワンピースの背中に並ぶ真珠色のボタンを見つめながら言った。

「真壁教授は？」

「父は能を見に行っています」

玄関に飾られていた若い女の面を思いだした。

「いいのか、ついて行かなくて」

「古い知り合いがいるはずですから。父は若い頃は習っていたみたいです。いまだに好きですね。わたし、実は観劇がちょっと苦手で」

腰についた細いリボンがたなびいている。彼女は時々風に引っ張られるようにふらりと揺れた。

「どうして」

「なんだか白々しくて」

「白々しい？」

「観客は観客である自分を、演者は観客を、いないものとして演目を進めていくでしょう。同じ空間にいるのに。その暗黙の了解が白々しく感じてしまうんです。どんな顔をして観客を演じればいいのか、わからなくなる時があるんですよ」

「あんた、変わったこと言うね。まあ、俺も作り話は苦手だけど」

そう言うと、彼女はぴたりと足を止めた。振り返って、俺を見上げる。

「あの、前から気になってたんですけど、あんたっていうのは止めてもらえませんか」

「一応生徒と区別して、お前とは呼ばないようにしているんだが」

黙ったままだ。わかってはいたことだが、冗談が通じないようだ。

「真壁って言うと、どうしても教授の顔がちらつくんだよ」

「さなみ」

「え」

重く湿った風がひっきりなしに吹きつけてくる。遠くの空が鼠色の雲に覆われている。

海は荒れているのかもしれない。

「小さい波と書いて、さなみです」

そう言うと、彼女は住宅街を曲がって、より大きな道に出た。長い坂道の下に防波堤が見えた。その向こうに鈍い青灰色の海が広がっていた。ところどころ白く泡立っている。波が高いせいか、ひと気はほとんどなかった。

「この辺の海は急に深くなっている場所があるから、サーファー以外はあまり来ないみたいなんです」

「なんでここに？」

「理枝《りえ》が見つかった場所だから」

「理枝？」

「鈴木理枝」

小波は静かに俺を見上げた。

それから、そっと俺の方へ手を伸ばした。俺が絵の入った紙袋を渡すと、荒れた海に向かってまっすぐに歩きだした。

小波は砂浜で木切れを集めて積みあげると、鞄からだした新聞紙を丸めて隙間に詰め込んだ。その上に絵を載せ、小瓶に入った油のようなものをかけた。

俺はもう止めなかった。海風を避けながら煙草に火を点けると、ライターを差しだした。小波も黙ったまま受け取り、絵の傍にしゃがんだ。海で吸う煙草はどことなく薄い味がした。

赤い触手のような火焔《かえん》が絵の表面を舐《な》めるように這い、やがて大きな炎になった。絵が白い煙になって流れていくのを黙って見つめた。

海は重く低い音を響かせながらうねっていた。波が白い泡をたてて砂地にぶつかり、飛沫《しぶき》となって散っていく。サーフボードを抱えた若者が時折、防波堤を越えてくる他は誰も来ない。彼らも荒れた海を目前にすると、諦めたように帰っていった。

「秋でした」

小さな声で小波が言った。いつの間にか、しゃがんだまま赤い傘をひらいていた。傘の中にすっぽり収まっている。

「どうしてこんなところへ来たんでしょう、わたしに何も言わずに。指定校推薦も決まったばかりで、春にこの街を出ていくのを楽しみにしていたのに」

旧校舎で、はじめて小波を見た時のことを思いだす。彼女は真っ赤に染まった蔦に覆われた窓の中にいた。あの時と同じ無表情をしている。赤い火を見つめながら微動だにしない。鈴木理枝が死んだのは、あの頃だったのだろうか。

「誰にも話してはいないんですけど」

火を見つめたまま、また小波が呟いた。

「あの日、会う約束をしていたんです。でも、大事な用事ができたってメールがきて。それが最後のメールでした」

「そういえば生徒たちが噂してたな、男の人といるところを見た人がいるって。恋人でもいたんじゃないか」

小波がそっと首を揺らす。かすかに笑っていた。

「ありえません」

「鈴木は……」

俺が言い淀むと、小波は微笑みを浮かべたまま俺を見上げる。

「小波のことが好きだったのか」

彼女の唇がゆっくりとひらく。目には何の感情も浮かんではいない。

「なぜ、ですか」

俺は燃え尽きかけている絵を見た。

「絵を見れば何となくわかる。この絵は対象と自分との距離がひどく近い。だから、俺は自画像と見間違えたんだ。鈴木は小波に自分を重ねていた気がする」

「でも」と小波は言いかけて、口をつぐんだ。しばらく経ってから、「どうでしょうね」とぽつりと言った。

「もう、わかりません」

キャンバスの木枠が音もなく崩れて、黒い煤が煙と共に飛んでいった。

彼女は立ちあがると、砂を踏みしめながら海に向かって少し歩いた。あまりに頼りない足取りは、初めて海に来た子供が砂の感触を確かめているようだった。傘が風を受けて、少しよろめく。

「この街に住んでいるのに、海に来たことはほとんどないんです」

海を見つめているようだ。わずかな間に波がまた高くなっているような気がした。空気がどうどうと鳴って、磯臭い飛沫混じりの風が吹きつけてくる。

「海鳴りがすごいな」

「海は」と彼女が呟いた。

「父に似ています」

「え」

「ぜんぶ、呑み込まれる」

意味を訊き返そうとすると、小波が振り返った。真っ白な顔をしている。

「父があなたの絵を褒めていました。本当にもう描かないのですか？」

嘘だ、真壁教授が俺を褒めるわけがない、と思ったが言わずにおいた。

「そうだな」

「もったいない」

「魂のない技術だけの絵を描いたって仕方ないだろう」

「描いてみなければわかりません」

落ち着かない気分になって、ジーンズのポケットからまた煙草を取りだす。この短時間の間に湿ってしまったのか、なかなか火が点かない。風に背を向けてなんとか点けると、また海の方を見た。小波はまだ俺を見ていた。長い髪が乱れながらたなびいている。ここでなら、話してもいい気がした。何を口にしてしまっても、風にまかれて消えていく気がした。海はそういう場所なのかもしれない。

「悪いが、俺は、真壁教授のことははっきり言って虫が好かない。けど、正しいことも多いんだろう。この間、教授と話して思いだしたことがある。親父は俺が大学の時に死んだんだ。突然だった。本当にあっけなかった。母親は俺が小さい時に出ていって、それっきりだ。親父の葬式にも来なかった。でも、別にいい。俺だって親父のことは大嫌いだったからな」

大きく煙を吐く。少し寒さを感じた。

「葬式を終え、家も引き払い、全てを終えて大学に戻った時、気がついたんだ。もう俺には描く必要がないってことに。絵は親父が唯一干渉できない、俺だけの世界だった。人生や社会に毒を吐き続けるしか能のない、酒乱の親父を圧倒するものだった。俺は絵に逃げ込みながら、その姿を親父に見せつけようとしていたんだ。親父と自分は違うことを見せつけて得意になり、安心していた。結局、俺の絵は自分なりの美意識や価値観を追求するものでも、新たな表現方法を見つけようとするものでもなく、ただの復讐の道具だったんだよ。それに気付いてしまった」

今にも火が消えそうな黒い燃えかすの中に煙草を放る。背後で小さな声がした。

「憎んでいたの？」

「憎んでいたな。でも、憎むものがなくなったら、俺は空っぽになってた」

もう一本煙草が吸いたくなった。小波は黙っている。

なんでこんなことを話してしまったんだろう。そう思っていると、砂を踏む音が近付いてきた。

復讐だって何だっていいから、本当は描き続けたかったのかもしれない。だから、幽霊やこの絵にこだわったのだろう。心騒がすものに出会えれば、また描ける気がした。

ああ、俺は描きたかったんだ。だから、こいつに——。

小波が俺の横で立ち止まる。砂の上の燃えかすを、血の気を失った顔で見つめている。今はこいつも空っぽなのだろうか。

虚ろな表情を眺めているうちに胸苦しいものが込みあげてきた。白い横顔に触りたい。それが駄目なら髪でも服でもいい。何かに触れたい。そう思った。触れたい、刻みたい、遺したい。

こんな気分になるのは、砂と水しかないだだっ広い空間にたった二人きりでいるからだろうか。煙草を吸おうと思うのに、小波の横顔から目が離せない。

どのくらい経っただろう。ふっと小波が顔を傾けた。視線が絡み合った。

その瞬間、ひときわ大きな風が吹いて、小波が腕の中に転がり込んできた。風でよろめいたのか、俺が引き寄せたのかわからなかったが、しがみつくように腕に抱いていた。

乾いた音をたてて、赤い傘が砂浜を転がっていく。風にまかれて、あっという間に小さくなる。

もう、手遅れだな。そんなことを頭の片隅で考えながら、顎を掴み、くちづけた。

小波の唇は濡れていて、潮の味がした。海風のせいかと思ったら、ぬるい液体が頰をつたって流れ込んできた。腕の中の細い身体が熱かった。小波の顔を見ようとして身を離そうとすると、柔らかな舌が俺の唇を舐めた。頭の中で何かが弾けた。

こぼれる涙を舌ですくい、嗚咽《おえつ》を口で塞ぎ、唾液《だえき》を吸った。唇を貪《むさぼ》り続けながら震える身体をきつく抱き締めると、ぐちゃぐちゃにまさぐった。感触が欲しくて、じっとしていられなかった。

全部、全部、呑み込みたい。呑み込まれたい。

狂っていくような衝動の中、そう思った。


週明けからまた雨が降りだした。

重く垂れこめた雲のせいで、教室の照明はいつも点けっぱなしだった。白々とした光は余計に気を滅入《めい》らせる。暗い時は暗いままがいい。

一人でいる時は美術準備室の明かりを消した。薄暗がりの中で目を閉じると、小波の横顔が浮かんだ。

海に行ったあの日、海沿いの国道にあった、ところどころ塗装の剝げた洋館風のホテルに入った。窓の閉め切られた部屋はかすかに黴《かび》臭く、アダルトグッズ販売機の白い光が暗い部屋をぼんやりと染めていた。

安っぽい素材のソファに鞄を投げると、小波をベッドに押し倒した。光沢のある深紅のベッドカバーに長い黒髪が広がった。背中に並んだ小さなボタンをもどかしく外していくと、滑らかな白い背中が現れた。肌が甘く香った。香水などの人工的な香料の匂いではなく、女の肌そのものの香りだった。

ワンピースの裾から下着に手を入れると、もう柔らかく湿っていた。あたたかい肉に指がとろりと呑み込まれていくようだった。堪《たま》らなくなり、彼女の下着をひきずり下ろすと、自分もベルトを外してトランクスごとジーンズを脱いだ。

そのまま覆い被さると、彼女は小さな呻《うめ》き声をあげた。目は閉じたまま、ベッドカバーに横顔をあててじっとしている。首筋を噛み、背中の窪みに舌を這わせながら腰をぶつけた。動かすごとに身体中の力が吸い取られていくようだった。

彼女は薄く唇をひらいて、時々眉間に皺を寄せた。

乳白色の肌は赤によく映えた。

痺れるような快感の中、俺は白い背中と横顔を見つめた。

一度離れると、服を脱がせた。唇と舌で身体中に触れた。長い時間、浜にいたせいか、小波の身体はどこも潮の味がした。海の音が耳の奥に残っていて、身体が揺れているような気がした。

執拗になかを掻きまわし、乱暴に抱いたのに、彼女は拒まなかった。白く細い身体は泥のように俺を包み込み、俺のどんな動きにも柔らかく応じた。

拒みはしなかったが、彼女はほとんど声もあげなかったし目もあけなかった。今まで寝たどの女よりも反応がないのに、身体は吸いつくようにこなれていて、俺は華奢な身体を探るのに溺《おぼ》れた。

疲れ果て、束の間の眠りに落ちている間に、彼女は帰ってしまった。枕元に数枚の紙幣が置かれていただけで、メモはなかった。

外に出ると、暗闇で海鳴りが何かの予兆のように重く響いていた。

あれからもうすぐ一週間だ。小波からの連絡はない。俺はあいつの携帯番号すら訊いていなかった。もう真壁教授のいる家には行きたくない。それに、会っても何も話すことはない。

ただ、身体の奥が空虚だった。あの浜辺で、海風に穿《うが》たれてしまったかのようだった。その中で風がまだ吹きすさんでいる。

小波の身体を欲していた。あれだけ抱いたのに、埋まらなかった。まだ足りない。赤いベッドカバーに散らばる長い髪、白い横顔、そして、甘ったるい肌の香りと青い果実のような身体。あのアンバランスさがひどく恋しかった。

雨足が急に強まった。どしゃぶりの空を眺めていると、胸苦しさを覚えた。

突然、ドアノブが音をたてた。吉沢先生だった。部屋に入ってくると、せかせかした動きで壁のスイッチに手を伸ばした。そうっと机の上に載せていた足を下ろす。ボールペンが一本床に転がり落ち、その音でこちらに顔を向けた吉沢先生が跳びあがった。

「うわ！　なんですか、萩原先生！　いるならちゃんと電気点けて下さいよ！」

「すみません」と言うと、大げさに息を吐いた。いつものように「また寝てたんですか」とは言わなかった。真壁教授のことを訊いて以来、吉沢先生は俺に嫌みや敵意をぶつけてくることはなくなった。

「また終礼に行かなかったんですね。今日は朝礼にも参加していませんよね」

「出勤簿は後でつけにいきます」

俺が天井を見つめながら言うと、吉沢先生は俺の机までやってきた。

「横山先生のことですが……」

「僕、最近まったく話してないですよ」

「辞められました」

「え、随分いきなりですね。寿かなんかですか？」

吉沢先生は眼鏡の縁に手をやった。

「一身上の都合とのことでしたが……心労だそうです」

一体何にそんなに悩んでいたのか。ここ最近は電話もかかってきていなかったし、俺のことではないはずだ。

「受け持ちクラスの生徒たちともめていたようです。クラス全員が勝手に下校したり、横山先生が何を言っても無視し続けたり。嫌がらせもあったと思います。後は、いかがわしい店で働いていたとか、男性教諭と不倫しているとか、変な噂が流れたんです。一部の生徒の親御さんの耳にそれが入ってしまったみたいで。ここは由緒正しい女学院ですからね」

「なんだそれ、ただのいじめじゃないですか」

心底うんざりした。くだらない。ガキの遊びに振り回されるなんてまっぴらだ。生徒も教師も噂、噂だらけの腐った学校だ。溜息がもれる。

「でも、実際に不特定多数との交際があったようです。生徒に携帯電話を盗まれたんでしょうね。メールの文面がコピーされて張りだされたそうです。萩原先生も噂には気をつけた方がいいですよ。この学校では噂話が命取りになります」

ぎくりとした。でも俺は横山とメールのやりとりはほとんどしていなかったはずだ。横山に俺以外の男とのプライベートな関わりがあったという事実に少し驚く。地味そうに見えたのに。ただ、寂しがり屋の印象はあったから、そのせいだろうか。

吉沢先生は眉尻《まゆじり》を下げて、俺の顔色を窺っている。噂か。

「じゃあ、ついでに他の噂も訊いていいですか？」

吉沢先生の返事を待たずに言う。

「鈴木理枝に関する噂って何かあったんですか？」

吉沢先生はぴくりと肩を震わせると、部屋を見渡した。雨の音しかしない。

「伏せておいて下さいね。あくまで噂ですから。鈴木さんの母親は再婚していまして、義理の父親と鈴木さんの間にはいろいろあったみたいです」

「いろいろ」

「まあ……性的虐待じみたものがあったとか……。生徒の家庭のことには介入しづらいので、はっきりとはわかりません。ただ、鈴木さんはよく神父に相談に行っていたようですね」

教会でパイプオルガンを弾いていた小波の姿がよぎった。二人はきっとそこで仲良くなったのだろう。

「でも、鈴木さんは強い子でした。成績も生活態度も良かった。受かってしまったら辞退できない指定校推薦をもらって、家を出ようとしていました。その矢先の事故でした。した。彼女が亡くなってから、義理の父親は何度も警察に呼ばれていました。その矢先の事故で

足音と派手な笑い声が廊下から聞こえてきた。どんどん近付いてくる。吉沢先生は慌てて自分の机に戻った。

勢いよくドアが開いて、仁科麻里たちが入ってくる。つけたばかりの香水が、湿気のせいでもわっと匂った。「お前ら、何つけてんだ。くせえよ」と顔をしかめてみせても、「こういうのは、いい匂いって言うんだよー」と平然としている。仁科麻里が腰をくねらせながら俺の傍にやってくる。

「ハッギー、なんか最近暗くない？」

「梅雨だからな、気が滅入るんだよ。お前はえらく楽しそうだな」

「だって、やっと担任替わったんだもん。横山いなくなってほんとすっきりした。すぐ休むし、めっちゃ迷惑だったよね」

取り巻きたちがくすくすと笑う。宮野祐子が長い脚を組みながらパイプ椅子に座る。

「麻里、怖いー」とおどけた声をあげて肩をすくめる。

吉沢先生は立ちあがると、足早に美術準備室を出ていった。猫背の後ろ姿が哀れだった。彼はそれでもこの女学院にいたいのだろう。音をたてて閉まったドアを横目で見て、女生徒たちが顔を見合わせる。

「なに、ビーノ感じ悪くない？」

別に横山や吉沢先生に同情したわけじゃない。調子に乗ったガキ共に吐き気がした。

「お前等なあ……」

そう言いかけた時、またドアが開いた。吉沢先生が戻ってきたのかと思ったが、違った。急に仁科麻里たちが静まり返る。

小波が立っていた。

黒雲に覆われた空がごろごろと鈍く唸《うな》った。


気がついたら、立ちあがっていた。

「小波」と言いかけて、言葉を呑み込む。仁科麻里がこちらに鋭い視線を寄こしてくる。ここでは、まずい。

小波は目だけで部屋を見回すと、俺を見つめた。なめらかな白い肌にもまっすぐな黒髪にも、相変わらず少しの乱れもない。切れ長の目はひやりとした光を宿している。

そして、周りの音を吸い取ってしまうような静けさをまとっていた。はじめてここに現れた時を思いだす。あの時は幽霊のような女だと思った。

女生徒たちは怯えたような目で彼女を見てから、すぐに目を逸らした。そのまま、居心地悪そうに身体をもじもじさせながら黙っている。

小波は口元だけで微笑んだ。

「萩原先生、こんにちは」

落ち着いた声を聞いて、胸の辺りに鈍い痛みが走った。海でのことなど忘れたような顔をしている。

「ああ、どうした？」とぶっきらぼうに返してしまい、愕然《がくぜん》とした。

俺は、女生徒たちがいるこのタイミングで小波が来たことを厄介に思ったくせに、以前と変わらぬ小波の態度に明らかに落胆している。かすかな怒りすら覚えるほどに。

小波の首筋や身体の線を見つめた。小波の細い身体や肌の感触を何度も思い返したはずなのに、今やそれが夢で見た情景のようにすら思える。

この女がたった一度寝ただけで、尻尾《しっぽ》を振って俺に会いに来るはずがない。一瞬でも期待した自分が馬鹿だった。

「真壁教授からか？」

「いえ」とだけ答えて黙っている。ドアを開けたまま、部屋に入ってくる気配もない。外で話したいということか。その方が俺もありがたい。

「じゃあ、隣の美術室で」

女生徒たちの間に安堵の空気が広がる。小波がひっそりとした足取りで部屋に入ってきた。女生徒たちの存在は完全に無視している。

俺が美術室に繋がるドアを開けようとすると、「真壁先輩」とややうわずった高い声が聞こえた。溜息を押し殺して、振り返る。やっぱり仁科麻里だった。

「あたしたちがいたら話せないことでもあるんですか?」

小波は窓の前で足を止めた。青白い閃光《せんこう》が雨雲の間を走り抜け、空気を引き裂くような雷鳴が響く。

「きゃあ!」と女生徒たちが首をすくめたり抱き合ったりして、仁科麻里も窓から顔を逸らした。その様子を見ると、小波は何も答えず歩きはじめた。表情は変わらない。俺の傍までやってくると、促すように俺を見上げた。

「まさか鈴木先輩のことですか? あたしたち、部の後輩なんですよ。知る権利あると思いますけど」

仁科麻里は諦めない。小波の顔に何かがゆっくりと広がった。微笑みを浮かべたまま、仁科麻里たちを振り返る。

「何が言いたいの?」

「別に何も。あたしたちはただ鈴木先輩が亡くなった理由を知りたいだけです。先輩は知ってるんでしょう」

「ちょっと、やめなよ麻里」と前園瞳が仁科麻里の袖を引っ張る。宮野祐子も「そうだよ、死因は事故なんだってば」と低い声で言う。

「じゃあ、なんでいまだに登下校の時とかに警察っぽい人に訊かれたりするわけ? みんなもあれこれ噂してるじゃん」

取り巻きたちが目を伏せる。

「仁科、お前なに突っかかってんの？」

俺が大袈裟《おおげさ》に溜息をついてみせると、仁科麻里は仁王立ちして俺と小波を睨みつけた。

「あたし、訊いてるだけじゃん。大体、ハッギーなんて事件の時はいなかったんだし、一番無関係でしょ」

「ハッギー」

抑揚のない声で小波が繰り返す。馬鹿にされたように感じたのか、仁科麻里は声を張りあげた。

「先輩、うちの部の先生を巻き込まないでもらえませんか。それとも、別の用件で会いに来てるんですか？　先輩ってしらっとしてるくせにけっこう男好きですよねー。鈴木先輩が可哀そう。あんなに先輩のこと大切にしてたのに、もう忘れられて男と楽しくやっているなんて」

「おい」

怒鳴ろうとすると、小波が口をひらいた。

「もう行ってもいいかしら」

「あたしの質問に答えてくれていません」

小波はくすっと小さく笑った。

「答える必要を感じないから訊いたんだけど？」

背筋がぞくっとした。そして、気付いた。小波が俺の前で声をだして笑うのをはじめて見たことに。彼女は微笑みながら警告していた。これ以上、近付くな、と。

頬を上気させた仁科麻里は、その冷たい警告にまったく気付かない。

「よく笑ったりできますね！　あたし見たんですから、聖堂で先輩たちがキスしてるのを。どうせまた気のある素振り見せて、散々振り回して利用して、捨てたんでしょう？　中学の時みたいに、お父さんの力を使って学校から追い出して。学校側は伏せているけど、鈴木先輩って亡くなる直前に推薦が取り消しになってたらしいじゃないですか。本当に可哀そう。先輩が鈴木先輩を死なせたんじゃないんですか？」

どこまでが仁科麻里の想像で、どこまでが噂なのかわからなかった。ただ、「お父さん」のところで、小波の目がほんのわずかに見開かれた。けれど、顔はすぐに温度のない微笑みに覆われていった。

「だったら？」

ひどく静かな声だった。また稲妻が走ったが、今度は仁科麻里も動かなかった。青白い閃光が小波の整った横顔を冷たく照らす。

「そうだとして、あなたに何か関係がある？　毎年毎年、誰かの弱みを握ってはいじめを繰り返すように、今度はわたしをいたぶって楽しみたいの？　でも、残念だったわね。わたしはあなたが自由にできるコミュニティーにはいない。その見極めもできないなんてね」

よく通る声だった。雷が鳴り響く中でもはっきりと聞こえた。

仁科麻里は言葉を失った。

「可哀そうなのは、あなたよ。あなたみたいな人、どの学年にもいるから名前も知らないけど。誰かの目をひくものなんて何も持ってないから、他人を苛めることでしか存在をアピールできないんでしょう。けど、そんなことしたって無駄よ。この学校から出れば、誰もあなたのことなんて覚えてないわ。あなたはきっとつまらない主婦になって、似たような子どもを産んで、どのコミュニティーに属しても同じことを繰り返す。そして、誰からも尊敬されないまま老いていくのよ。あなたは誰の特別にもなれず、誰からも愛されない。あなたなんていらない。そうみんな思っているはず。恐らく家族でさえもね。あなたも本当は気付いているけど、気付いているからこそ、くだらない存在誇示をやめられない。そんなあなたの質問に答える必要はないと、わたしが判断するのは当たり前だと思うけど」

小波はすらすらと淀みなく言った。顔にはずっと微笑みを浮かべたままだった。仁科麻里は口をあけたまま一言も返せなかった。紅潮していた頬がすーっと白くなり、やがて真っ青になった。

「違うかしら？」

小波が取り巻きたちを見回すと、皆、俯いてしまった。我に返った仁科麻里が「ひどい！」と、叫び声をあげる。

「ひどい！　ひどい！　信じられない！　ひどい！」

脚をぶるぶる震わせて泣きだす。前園瞳がそっと腕に触れたが、取り巻きたちの間にはどことなく冷ややかな空気が漂っていた。

小波が俺を見上げた。

「行きましょう」

促されるままに、ドアを開けて美術室にうつる。教室の奥に並ぶ石膏像のしんとした白さを目にした途端、肩から力が抜けた。

仁科麻里に向かって喋り続ける小波からは、びりびりとしたものが放たれていた。鋭い刃物を渡したら、何の躊躇もなく急所を刺し貫くような気がした。そして、静かな微笑みがその冷酷さを倍増させていた。

小波は足を止めた俺の横を、何食わぬ顔をして通り過ぎて行く。俺は小波の腕を摑んで向き直らせた。

「仁科に何か恨みでもあるのか？」

小波は不思議そうな表情を浮かべた。

「まさか」

「じゃあ、なんで」

あんな、真壁教授みたいなことをする。言いかけて、止めた。仁科麻里を傷つけて泣かせはしたが、小波は真壁教授のように愉しそうではなかった。

「悪意を持って干渉されたからです」

平然とした口調だった。まっすぐに俺を見つめている。

「不躾《ぶしつけ》に踏み込んでこようとする人は、その場で潰します。二度とわたしに近付いてこないように。ずっとそうしてきました」

その理由は言葉にしなくてもわかった。

雷のような閃光が頭の中を走り抜けて、目の前が急に鮮明になった。小波の長い睫毛の一本一本までよく見えた。

俺は食い入るように小波を見つめた。黒い瞳には俺が映っていた。

同じだ、と思った。こいつには俺と同じで知られたくない過去がある。常に腹の底に怒りがある。理不尽に傷つけられ、抑え込まれてきたことへの怒りが。それはきっかけがあれば簡単に噴出する。

そして、深い絶望的な孤独も抱えている。

生まれてはじめて自分の分身を見つけた気がした。


——躊躇いがないのよ。

昔、そう言われたことがあった。女だった。顔はもう覚えていない。

——普通の人は敵意を向けられたら現状を理解するのがやっとで、あなたみたいに反射的に攻撃を返したりはしないのよ。そう、普通はね。

女は少し間をあけると、口の端で笑いながら言った。

――ねえ、殺されかけたことでもあったの？　それとも……。

歪んだ唇は赤かった。記憶の中で散らばる赤と同じ色だった。

小波を眺めながら、そんなことを思いだしていた。

手を伸ばす。拒むかと思ったのに簡単に身を預けてきた。そのまま、俺の腕の中でじっとしている。規則正しい鼓動が身体に伝わってくる。遠くで時々、雷鳴が響く。

顔を見ようとして腕の力を弛めると、小波が俺を見上げた。鼠色の空気の中に白い卵形の顔がぼんやりと浮かぶ。ついさっきまで仁科麻里と言い争っていたのが信じられないほど静かな表情をしている。

「用事があってきたんじゃないのか」

そう訊くと、「いえ」と俯いた。

「なんとなく気になったんです」

「何が」

「あなたが海で話していたことが。それに、ついてきていただいたお礼も言っていませんでした。わたし一人では行けなかったので助かりましたし」

「ああ」

「あと、思ったんです。なんだか、あなたは……」

小波は言葉を探すように目をさまよわせた。

「似ている気がして……」

思わず、見つめた。こいつも同じことを感じている。嬉しさや感動はなかった。ただ、ほどけていく気がした。頰に触れると、小波が顔をあげた。

「誰かを殺そうと思ったことはあるか？」

気がついたら口にしていた。突拍子もないことを訊いている自覚はあった。その半面、腕の中の女にひきだされた問いのような気もした。

小波は俺を見上げたまま、そっと唇をひらいた。

「あるわ」

「誰かに殺されかけたことは？」

「あったわ」

しんとした声で小波が答える。

それが誰なのかは問わなくてもわかった。恐らく同じだ。

俺が黙っていると、小波がゆっくりと言った。

「あなたはどうしたの？」

「よく覚えてない」

小波が何も言わないので、言葉を探してみた。暗闇の中を手探りで進むような気分になった。

「覚えているのは、冷たい台所の床と俺の首を絞める細い手だけだ。母親の手だったような気もするけど、今となっては記憶なのか夢なのかもはっきりしない。けど、死にたくないと思った。それだけははっきりしている」

誰にも話したことはなかった。親父にさえも。でも、待っていた気がする。親父が母親について何か語ってくれるのを。

でも結局、親父は何も明らかにしないまま、死んだ。

「母親は俺たちを捨てて逃げたはずだ。いつの間にかいなくなっていたから。母親が親父にしょっちゅう殴られていたのは覚えている。でも、俺はどちらからも手ひどく殴られた記憶はない。殺意を感じたのはあの一回だけだった。母親が親父の暴力に耐えられなくなって、俺と死のうとしたのかもしれない。でも、もし、あれが現実だとしたら、俺はどうやって生き延びたんだろう。母親だろうが、他の誰であろうが、俺は絶対に反撃したはずだ。それを思いだす度にいつも同じ景色がよぎるんだ」

小波が深い目で俺を見つめている。記憶の底の闇によく似た色の瞳だった。

「目の前が赤なんだ。自分の掌が真っ赤に染まっている。床には潰れた赤い花が散らばっていて、俺はそれをぐちゃぐちゃに潰しながら何かを描いている。一人きりの時もあったし、途中で母親が止めた時もあった。けど、そんな俺を親父が立ち尽くしたままじっと見つめていたことがあった気がする。のっぺりした感情のない目をして。それが、いつだったのかはわからない。俺の妄想なのかもしれない。なのに、頭の中に親父の平坦な顔がずっとあって……その目から逃れられない。だから、俺は時々思うんだ。あの赤は花なんかじゃなくて、血だったんじゃないかって。俺はもしかしたら母親を……」

突然、小波が首に腕を回してしがみついてきた。強い力だった。よろめいて、床に倒れ込む。背中が机の脚にぶつかる鈍い音が聞こえたが、音は遠く、感覚もない。

小波が何か呟いた。くぐもっていて、よく聞き取れなかった。「仕方ないこともある」とか「だってそうするしかない」とか、そんなニュアンスのような言葉だった。まったく違うことを言ったのかもしれない。けれど、そんなことはもうどうでも良かった。

この細い身体と甘い肌のにおいがあれば。

木の床はかすかに湿っぽく、冷たかった。俺たちは抱き合ったまま横たわった。

誰にも理解されないと思っていた。

わかったようなことを言う女が大嫌いだった。でも、小波なら許せると思った。

きっと小波は理解なんてしようとはしていない。頭や感情ではない、直感で俺を自分と同じだと嗅《か》ぎわけたのだろう。俺たちは身体の奥底から滲みでてくる匂いが同じだ。欠けたところが似ている。さびしい獣同士だ。

身体をぴったりと触れ合わせていると、丸いひとつの生き物になっていくような気がした。

隣の部屋から抑えた気配が伝わってくる。まだ仁科麻里たちがいるのだろう。今、ドアを開けられたら言い逃れはできないな、と思いながらも、いっそ暴かれてしまえばいいとも思った。

「なあ、どこか行こう」

小さな耳に唇を近付けると、小波は震えるように首を振った。

「もうすぐ父が迎えに来ます」

「ここに？」

「はい、調子が良い時は運転できるので。学生の頃から、雨の日は迎えに来てくれるんです」

小波が鈴木の描いた絵を焼こうとした時、校門の脇で彼女を待っていたシルバーのセダンを思いだす。

「時間を遅らせてもらえばいいだろう」

「いけません」

かたい声だった。

「父は携帯電話を持っていませんから」と、弁解するように付け足す。

「珍しいな。仕事の連絡とかどうしているんだ」

「公私共にわたしが全部取りついでいます」

小波がわずかに身を離して俺を覗き込んでくる。

「父に見られるかもしれないので、番号は教えられません」

黙っていると、覆い被さってきた。唇を重ねてくる。柔らかい舌が滑り込んできたので、強く吸った。小波のにおいがした。

ふいに床から振動が伝わってきた。誰かが隣の部屋で動いている。ああ、邪魔だ。

雨がもっと降ればいい、と思った。この間の海のように水と風の音だけの空間になってしまえばいいのに。小波の頭ごしに窓を見上げると、窓枠に絡みつく蔦が見えた。雨水がひっきりなしに滴っている。下から見ると、濡れた濃い緑が覆い被さってくるようだった。

小波の頰を両手で挟んで、もっと深く舌を潜り込ませた。

冷たい手が俺の身体を這い、下半身へとおりてくる。

堪らなくなって、床に押し倒した。

慌ただしく繫がった。

髪も肌もひんやりとしているのに、小波のなかはあたたかく、呑み込まれるとすぐに身体の力が抜けた。

離れようとすると、小波の白い腕が絡みついてきた。

「そのままで」

唇の動きだけで言った。「でも」と躊躇してみたが、小波は目を閉じたまま俺の首にまわした腕を離そうとしない。抱き締めて小波の奥に放った。どくんどくんという鼓動までも吸い込まれていくように感じながら、ぐったりとした身体をしばらく預けた。

いつの間にか、隣の美術準備室は静かになっている。

小波がハンドバッグに手を伸ばす。留め金を外すパチンという音が薄暗がりに響く。

むきだしになった肩や肘《ひじ》がところどころ赤くなっているのが、暗い中でもわかった。粗い木の床で擦れてしまったようだ。

「痛かったか？」と問うと、不思議そうな表情を浮かべる。

「背中とか肘とか。床、硬かっただろう」

俺が剝ぎ取ったカーディガンを拾って手渡してやる。驚くほど軽い布切れだった。薄皮のようなそれに腕を通すと、小波は自分の背中に軽く触れた。

「わたし、あまり痛覚というものがないみたいなんです。昔は注射一本打たれただけでいつまでも泣く子だったみたいですが、ある頃から痛みも恐怖もほとんど感じなくなりましたね」

「いつから」

小波は薄く笑った。

「多分……女になった時から」

鎮まったはずの身体がかあっと熱くなった。小波は淡々とした口調で続ける。

「早かったんですよ、とても。そのせいなのかわかりませんが、わたしの身体は子供が作れないみたいです」

思わず小波の身体を見つめてしまう。未成熟にも見える華奢な腰に薄い胸。けれど、俺を見返す目には歳に似合わぬ女の落ち着きがあった。

「その方がいいんですけどね」

呟くと、身支度を整えはじめる。ハンドバッグから折りたたみの櫛《くし》をだして乱れた髪をすく。黒髪に艶が戻っていくのを見つめていると、どんな男によって身体を変えられたのか問い詰めたい気分になった。

ちらりと小波がこちらを見たので、窓の外に目を逸らした。馬鹿らしい。嫉妬だなんて思春期でもあるまいし。

雷は遠ざかったようで、雨足も弱まっていた。だが、もう外は真っ暗だった。教室の入口まで行き、電気を点けようとして振り返る。

小波が暗闇の中、立っていた。ぼんやりと俺の方を見ている。自分を殴りたくなった。俺は本当に馬鹿だ。さっきの彼女の薄笑いは自虐と諦めからだ。嫉妬するような話ではなかった。

小波のもとに戻って、また抱き締めた。急《せ》いたせいで椅子に足がぶつかり、派手な音が教室に響いたが、小波はぴくりとも動かなかった。

「昔、酷《ひど》い目に遭ったのか？」

「いいえ」と小波は低い声で言った。

「でも、時々思うんです。傷つけられたり、殺意を向けられたりする方がまだましだったのかもしれないと」

そう言いながら、小波も俺の身体に腕を回した。自分を落ち着かせようとするみたいに、ゆっくりと息を吸って、吐く。

「だって、暴力なら拒めばいい。でも、愛されたら、受け入れるしかないですよね」

少し考えた。訊き返そうとすると、小波はすっと俺から離れた。横をすり抜けようとするので、手首を摑む。「もう行きます」とまっすぐ俺を見上げたが手を弛めなかった。

小波は眉間に皺を寄せると、懇願するように言った。

「父が待っています」

子供みたいな声だった。「もう少し」と引き寄せると、足を踏ん張って今にも泣きだしそうな顔をした。余計に放したくなくなる。

「じゃあ、夜に出てこれないか」

「父が寝つくまで無理です」

「なんだそれ、子供じゃあるまいし。毎晩寝かしつけているのか」

冗談で言ったつもりだった。それなのに、小波の腕からだらりと力が抜けた。顔を覗き込もうとすると、素早く目を逸らされた。俺の手を振り払い、戸の方に走っていく。

「小波！」

叫ぶと、肩をびくっと震わせて立ち止まった。戸に手をかけたまま、振り返らずに言った。

「明日の晩、零時に。裏門を開けておきます」

高い足音が遠ざかっていくのを聞いた。

暗闇の中、遠雷が響く。真壁教授の待つ車の唸りのように思えた。

次の日、仁科麻里たちは美術準備室に姿を現さなかった。食堂で取り巻きたちを見かけたが、前園瞳ひとりがおずおずと頭を下げるだけだった。宮野祐子をはじめとする他の生徒はファッション雑誌に夢中なふりをして、俺と目を合わせないようにしていた。

仁科麻里の性格上、あれだけ恥をかかされたのだから怒り狂って、すぐに文句を言いに来ると思っていたので拍子抜けした。美術準備室に来なくなったばかりか、彼女はしばらく学校を休んだようだった。

一週間が経った頃、吉沢先生が嬉々《きき》として報告してきた。

「横山先生が受け持っていた例のクラス、最近、授業がスムーズなんですよ。政権交代が起きたみたいで、比較的落ち着いているんです」

「政権交代？」

「仁科さんでしたっけ、よくここに出入りしていた茶髪の派手な子がすっかり発言力を失くしてしまって。あのグループ、今は互いに腹の探り合いをしているみたいで大人しいんです」

「へえ」と俺は気のない返事をした。

「最近、他の美術部の子たちも来ませんよね。萩原先生、何か注意して下さったんですか？」

俺じゃなくて小波だ、と思ったが、話がややこしくなりそうなので伏せておく。

「ええ、ちょっとだけ。あいつら、若干、調子に乗りすぎてましたしね」

「ちょっとくらいでこんなに静かになるんですね、羨《うらや》ましい」

「まあ、割に合わないと思ったんじゃないですか」

「割に合わない？」

吉沢先生が細長い顔を傾げる。

仁科麻里が俺に興味を示していたのは好意からじゃない。俺のような若い男性教諭に気に入られることで、箔《はく》を付けようとしていただけだ。それが小波によって木っ端微塵《みじん》に打ち砕かれるのを目の当たりにして、取り巻きたちは俺に取り入る努力をしても何の利益もないと判断したのだろう。

けれど、どうせ次の仁科麻里はすぐに現れる。吉沢先生を小馬鹿にすることで自分の力を見せつけようとする女生徒だってまたでてくるはずだ。小波の言う通り、この女学校はこんなことが繰り返し起きるのだ。付き合いきれない。

大きなあくびをすると、吉沢先生が弱々しく笑った。

「萩原先生、顔色が悪いですよ。ここのところずっと目の下に隈《くま》ができています。先生こそ、割に合わない深夜バイトでもしているんですか？」

笑いがもれた。「ちょっとだけ、見逃して下さい」と机に突っ伏した。

俺が毎晩のように、この女学院の裏手に自転車を停めにきていることは誰も知らない。

山を削った暗い道を上って真壁教授の家に行く。裏口はいつも開いている。錆《さ》びた音をたてる鉄格子の扉からそっと身を滑り込ませると、暗闇から小波の冷たい手が伸びてきて、俺の腕に触れる。生い茂る夾竹桃をかき分け庭の奥に進むと、小波の祖父が建てたという古い茶室がある。にじり口から中に入り、狭い室内で抱き合う。畳はかすかに黴臭く、外から植物の青い匂いが流れ込んでくる。夾竹桃がざわざわと揺れる。小波の甘い肌の香りを貪る。

ほんの数時間を月明かりの下で過ごす。ぬめるように濃い闇の晩もある。

休日に外で逢《あ》いたい、と言っても、小波はなかなか昼間に逢ってくれようとはしない。他に男がいるのかと疑ったが、昼間は家事をしたり、真壁教授の仕事を手伝ったりしていて忙しいようだ。外泊も禁止されていると言うので、連れだすこともできない。

夜闇にまぎれてこそこそと逢い、声を潜めて次の約束をすると、小波は朝が来る前に家に戻ってしまう。

闇の中の小波の身体は幻のようだ。

ぼんやりと光る白い肢体が消えてしまいそうで必死に抱き締める。

細い身体に、盛りのついた犬のように毎夜まとわりつく。なぜこうなったのかもう思いだせなかった。でも、どこかでこうなることは決まっていた気もした。

こんなことを続けて何が得られるのだろうと思う。でも、止められない。胸にぽっかりと穿たれた穴は何度逢っても塞がらなかった。むしろ、逢えば逢うほど大きく深くなっていく。小波と離れる度に身体の一部が引き剝がされるように感じた。逢いたい、と言えば、「では、明日の晩。同じ時刻に」と小波は答える。引き寄せれば、身体で応《こた》える。けれど、それだけだ。彼女は拒まないが、何を思っているのかは口にしない。それこそ、割に合わないと思わないのだろうか。同じだと思ったのに、求めれば求めるほど、わからなくなっていく。当然のように家に戻っていく小波に怒りすら覚える。だから、焦《じ》れて一層激しく求めてしまう。どろどろの底なしだ。

昏《くら》い眠りの底で何かを見たような気がした。赤い花だった。白い肌がその隙間に見え、小波と思って近付くと、手が赤に染まった。

目が覚めると、吉沢先生の姿はなかった。代わりにコーヒーがポットにたっぷり作ってあった。立ちあがり、自分のマグカップに注ぐと、窓辺に寄りかかりながらすすった。目の奥が痛い。吐き気がする。

何気なく外を見ると、グレーのスーツを着た女が校門の方へ向かって歩いていくのが見えた。

横山だった。手に大きな紙袋を持っている。忘れ物でも取りに来たのだろうか。

横山に関する中傷めいた噂を流したのは、おそらく仁科麻里たちだろう。ほとんどがでっちあげだったらしいが、不特定多数との交際があったのは事実だったと吉沢先生は言っていた。俺の名前がでなかったことに安堵した半面、自尊心がわずかに傷ついた。横山は俺に気があると思っていた。地味であか抜けない女だと見くびってもいた。一定のペースで歩いていく後ろ姿を眺める。

女はわからない。

振り返るかと思ったが、横山はまっすぐ歩き続け、やがて新校舎の陰に消えた。

小波の白い横顔を思いだした。小波はなぜ、俺の求めに応じながらも、関係をひた隠しにしようとするのだろう。教師の俺よりも人目を気にしている。

ふいに仁科麻里の言葉が浮かんだ。道ならぬ恋。自殺した鈴木と小波は教会でキスをしていた、と仁科麻里は言った。これは虚言かもしれない。だが、鈴木が小波に特別な想いを抱いていたのは確かだ。あの絵を見ればわかる。

小波には他にも噂話があった。中学の時に先生を誘って自殺に追い込んだとか、関わると良くないことに巻き込まれるとか。事実、鈴木は原因不明の死を遂げた。吉沢先生によると、鈴木は義理の父親から性的虐待を受けていたという。

鈴木が描いた小波の肖像画が頭の中で蘇る。

小波が海で燃やしてしまったが、忘れられない絵だ。その絵の中で小波は足掻くような、抗《あらが》うような目をしてこちらを見つめていた。あの絵の中の小波には歳相応の生き生きとした輝きと葛藤《かっとう》があった。きっと、鈴木にとって小波は自分の分身のような存在だったのだろう。親近感と理想が絵を彩っていた。

分身？　マグカップを持つ手が止まった。鈴木はどうしてあんなに小波に親近感を抱いていたのだろう。

嫌な予感がした。背筋を冷たいものが走る。やめろ、やめろ、と頭の中で警告音が鳴り響く。考えるな。違う、絶対に違う。必死に拒む。けれど、恐ろしい想像は確かな重みを持って立ちあがってきた。

マグカップの中の黒い液体を見つめる。真壁教授の目を彷彿とさせる、のっぺりとした闇の色。小波も同じ目をする時があった。それは、きまって真壁教授のことを話す時だった。全てを諦めきったあの目。

「まさか」

声がでていた。まさか、そんなはずはない。父親じゃないか、ただの。ただの父親のはずだ。他の親子より少しばかり絆が深いだけだ。それだけのはずだ。

必死に言い聞かせようとするのに、寄り添いながら階段を上っていった二人の後ろ姿が頭から離れない。絡まり合うようにひとつになった影。

真壁教授が唯一執着した女に瓜《うり》二つの小波。

誰も寄せつけず、植物で覆われた家で二人きりで暮らす父子。

そして、真壁教授が見せた俺への牽制《けんせい》。あれは父親と言うよりは男の顔だった。

小波が父親のことを口にする時のあまったるい声。

あまったるい女の顔。

黒い液体の表面が小刻みに乱れはじめた。いつの間にか、俺は震えていた。

「訊きたいことがあるんだ」

その夜、裏門の前で小波の腕を摑んだ。門灯に照らされて、彼女の顔が一層白く見えた。俺の顔をちらりと見て、「ここだと……」と黒い影になった四角い家を振り仰ぐ。

「茶室に行きましょう」

「駄目だ」と、声を抑えて言った。夾竹桃の茂みを抜けて、あの狭い茶室に入ったら、小波の身体に溺れてしまう気がした。それに、あそこは暗すぎて顔が見えない。

「わかりました。でも、ここは上から丸見えです」

小波はそう呟くと、小道を外れて茂みの中に入っていった。

少しひらけたところまで行き、地面にしゃがみ込む。俺も小波の傍にしゃがんだ。足元から湿った土の匂いがした。

「鈴木のことで嘘をついていただろう」

声を潜めて言った。小波の表情は変わらない。彼女の後ろの、蔦の巻きついた石像が目に入る。以前見た、犬の墓。鈴木のポケットに入っていたという「離れぬの蔦」の話を思いだす。何食わぬ顔をしているが、一緒に摘んだはずだ。

「ずっと彼女の家のことを知っていたんだな？　義理の父親とのことも」

数秒の間が空いて、「はい」と静かな声が返ってきた。

「ちゃんと全部本当のことを話してくれ。お前のこともだ。話してくれるよな？」

小波はしばらくじっとしていたが、黙ったまま頷いた。

「じゃあ……」

切りだしたものの、言葉が続かない。小波が俺を見つめている。お前も鈴木と同じ目に遭っていたのか？　そう訊くべきなのに声がでない。

「あの日」と小波がひっそりと言った。

「理枝が海から帰ってこなかった日。わたし、荷造りするように言われていました。用事が終わったら必ず迎えに行くから待っていて、と理枝は言いました。その前からずっと、一緒に逃げようって誘われていたんです」

「付き合っていたのか？」

「好きだとは言われていました」

俺が口をあけると、「でも」と小波は険しい目をして遮った。

「わたしは理枝とは違います。何度も一緒なんだと言われましたが、違います。わたしは酷い目になんて遭っていない。ひどく愛されているだけです。逃げる理由なんてありません」

小波の目が一点を見つめたまま、どんどん虚ろになっていく。ああ、ああ、やっぱり。

俺は自分を奮いたたせようと、小波の細い腕を摑んだ。

「それなら、なんで鈴木の絵を燃やした？　お前、俺がこの家に絵を持ってきた時、必死だったよな。苦手だった俺に頼んでまで父親から隠そうとしただろう。それは、あの絵にお前の願望が描かれていたからじゃないのか？　お前がずっと見ないふりをしてきた想いを鈴木が見抜いた。違うか？」

小波は口を結んだままだった。腕を放すとよろめいて、片手を地面についた。

「小波、お前、荷造りしたんだろう？」

返事はなかった。差しだした俺の手を払い、のろのろと立ちあがる。

見上げると、小波は真っ白な顔で微笑んでいた。俺の大嫌いな感情のない微笑み。闇に冷たく映えている。

「あの時、わたしがきっぱり断っていれば、理枝は死ななくて済んだのかもしれませんね」

「じゃあ……」

「ええ、理枝はおそらく自殺じゃありません」

「そしたら、犯人がいることになる」

小波は首をゆっくりと振った。

「事故の可能性もあります。それ以外をわたしに想像させようとするのは、あまりに酷です。理枝のことは残念だったとか、後悔しているとか、わたしはそれすら言いたくありません。逃げようとしたのは間違いだった。それだけです。もう二度としません」

「だいたい」と小波は夾竹桃の細長い葉に触れながら言った。

「わたしに人を咎《とが》める権利なんてありません。前に言いましたよね、わたし、人を殺そうとしたことがあるって。確か、あなたもあるんですよね。わたしは父を殺そうとしました。知ってます？　夾竹桃には毒があるらしいんです。わたし、それを知って父に飲ませようとしたことがあるんです」

「どうして」

「わたしと母を間違えたから。腐った女だったとずっと言っていたくせに、わたしを母の名で呼んだんです。低くて甘い声だった。わたしは全部おとうさんの望むようにしてきたのに。おとうさんを騙《だま》して逃げた女なんかと間違えるなんて、どうしても許せなかった。でも、おとうさん、気付いていた。毒だと知って、夾竹桃の汁の入ったトマトジュースを、いいよって笑いながら飲み干してくれた。わたし、泣きながら救急車を呼んだわ。他人からどう見えようと、おとうさんは優しい人です。わたしの全てを受け入れてくれる」

いつの間にか小波の口調が変わっていた。甘ったるい声に背筋がぞっとした。

俺が立ちあがると、小波はすっと顔をあげた。

「罪を裁いていいのは当事者だけです。わたしはそう思っています。わたしを赦《ゆる》すのも罰するのも、父にしかできないことです」

ならば、逆はどうなのだ。真壁教授の罪をお前はどう裁くんだ。それとも、娘を愛することは罪ではないというのか。

小波にぶつけたい言葉はいくらでも浮かんだ。けれど、何を言っても平坦な微笑みに吸い取られてしまうような気がした。

やっと、わかった。こいつはとうに人生に絶望している。だから、こんな風に笑えるんだ。

「蚊帳《かや》の外の俺は黙ってろってことか」

やっと絞りだした言葉に小波は頷いた。薄く笑いながら。

「そうですね。少なくとも、父は踏み込むことを許す人ではありませんから、その方が賢明だと思います」

気持ちの悪い親子だと罵って、小波を張り倒せたらどんなに楽だろうと思った。何も届きはしないと思いながらも、小波を見つめた。長い黒髪に白い肌、切れ長の涼しそうな目。どこかに傷をつけてやろうかと手をあげかけたが、できなかった。

俺は背を向けると、裏門へと歩きだした。小波は止めなかった。けれど、その場に立ち尽くしている気配は感じた。

門を出る。背後の湿った暗闇で、錆びた門が閉まる音が響いた。

振り返らず坂を下った。

そのまま土日休みに入った。アパートの部屋から一歩も出なかった。ひたすら眠った。

何も考えたくなかった。忘れてしまいたかった。

ごちゃごちゃとした夢を見た。おぞましく、卑猥《ひわい》で、残酷な夢だった。あの親子に関わったことを心の底から後悔した。やがて、眠り続けるうちに夢の混沌《こんとん》も鎮まり、ぬめるような闇が訪れた。闇の底にはいつものように赤い花が散らばっていた。

幼い俺の手は花を潰し地面になすりつけている。絵を描いていた。ひどく拙い絵だったが、髪の長い女の姿を描いているようだった。

赤で描かれた女は血塗れに見えた。

月曜の朝、いつもの時間に目が覚めた。

アパートの階段を下りると、俺の自転車が転がったままになっていた。薄く錆が浮いている。

街の向こうに広がる海が今朝はよく見えた。まだ海は灰色をしていたが、空は青く、雲はほとんどなかった。風がいつもより軽い。もうすぐ梅雨が終わるのかもしれない。

夏の暑さや強烈な日差しが待ち遠しく思えた。極端な季節がやってくれば、そこはかとなく漂う小波の残り香は霧散する気がした。

いつものように遅刻ぎりぎりで校門を抜け、駐輪場に自転車を停めると、旧校舎に向かう。壁を覆い尽くす蔦を見ないようにして旧校舎に入ると、ぎしぎし鳴る階段をゆっくりと上った。

廊下を歩きながら違和感を覚えた。美術準備室のドアに手をかける。「あれ」と思わず声がでた。鍵がかかっている。

こんなことは今までなかった。吉沢先生は必ず俺より早く来て、美術室と準備室の鍵を開け換気をしてから、コーヒーを淹れて、自分の受け持ちクラスの朝礼に行く。間違えて鍵をかけて行ってしまったのかと思ったが、いつもは廊下まで漂ってくるコーヒーの匂いもしなかった。

首を傾げながら旧校舎を出て、渡り廊下を歩く。教会の前を通ると、女生徒たちの歌う聖歌が押し寄せてきた。重々しいパイプオルガンの音色に思わず足を速めてしまう。

あちこちに小波の影がちらつく。

職員朝礼はもう終わったようで、曇りガラスからは人の動く気配とざわめきが伝わってきた。気付かれないだろうと思い、幾分ほっとしながら職員室の扉を開けたのに、俺の顔を見ると皆静まり返った。

頭を下げて部屋を横切り、鍵棚から美術室の鍵を取る。今日の日付のところには何のサインもされていなかった。吉沢先生は休みなのかもしれない。

出勤簿に手を伸ばすと、「萩原先生」と誰かが言った。振り返ると、学年主任の今井《いまい》先生が立ちあがるところだった。丸々と太った身体を支えるようにして机に手をついている。

「校長先生が捜しておられましたよ。授業の前に校長室に来て欲しいそうです」

「そうですか」

今井先生は眼鏡のチェーンに触れながらぎこちない笑みを浮かべた。濃すぎる口紅がべたついた光を放つ。

「早く行った方がいいと思いますよ」

「今日は一限目は空いてますから大丈夫です」

そう返すと、今井先生は強張った顔をした。悪い話なのだろうか。このままクビになるのもいいかもしれない。この街から離れられる。

美術室の鍵をポケットに入れると、校長室に向かった。

新校舎の奥にある金色のプレートのかかった焦げ茶の扉をノックすると、すぐに返事が聞こえた。

扉を開けて、足が凍りつく。目の前には凝ったデザインの車椅子があった。

銀色のフレームに反射した日光が目を刺して、ぐにゃりと視界が歪んだ。悪夢の続きを見ているみたいだった。車椅子の肘かけに置かれていた白い手が優雅な動きであげられる。

「久しぶりだね、萩原くん」

静かな声で真壁教授が言った。机を挟んだ向かいに校長と教頭が突っ立っている。もう一人、見たことのない男が壁際にいた。五十代後半くらいのがっちりした体格の男だった。姿勢がひどくいい。

「少し困ったことが起きてね」と、真壁教授は車椅子を音もなく俺の方へ向けた。目が合った途端、吐き気と怒りが込みあげた。身体中の血がぐるぐると回る。

　ふいに男が一歩前にでた。「では、私はそろそろ」と太い声で言うと、真壁教授に礼をする。校長と教頭も慌てて頭を下げる。

「出来るだけ穏便に頼むよ」

　真壁教授が微笑むと、男ははっきりとした声で言った。

「もちろんです。娘さんのことは必ず伏せておきます」

　小波に何かあったのだろうか。真壁教授の顔を見たが、俺には目もくれず男の方を見ている。男が部屋を出ていくと、校長と教頭も後に続いた。

　真壁教授は俺と二人っきりになると、窓の外に目を遣《や》った。教会の裏側が見える。半分ほど蔦が侵食している。

「彼は古い友人でね、この街の警察署の署長をやっているんだ。娘の友人だった鈴木理枝さんの件では心を痛めて下さっていてね。君、彼女の事故は知っている？　いや、もう事件と言うべきかな」

　小波の微笑みがちらつく。虚ろな目。もう、俺には関係がない。こいつの挑発に乗ってはいけない。落ち着け、落ち着けと自分に言い聞かせながら口をひらく。

「僕がこの学院に来る前のことなので詳しくは知りません」

「ああ、そうだったかな」

　歌うような口ぶりで真壁教授は言った。

「でも、吉沢先生は知っているよね。彼は今、警察に身柄を拘束されているよ。まあ、釈放されたとしても、この女学院には戻って来られないだろうね」

「え」

「彼には鈴木理枝さんを殺害した容疑がかけられているらしいよ。本人は否認しているけれど、どうだろうね。一緒に海にいたという目撃情報があるようだよ。それに、彼の部屋から私の娘の写真や資料が見つかったそうだ」

「吉沢先生はあなたの作品のファンなんです」

「私の作品と娘の個人情報にどんな関わりがあるのかな？　研究目的の収集だったとしても度が過ぎている気がするけどね。警察は彼がうちの娘をストーキングしていたと言っていたよ。それを美術部員だった鈴木理枝に気付かれ、咎められた末の犯行だったのかもしれないとね。それが真実でも、違っていたとしても、おかしな噂をたてられるのは娘のためにはならないから、君もこの話は他言しないでくれるとありがたいな」

真壁教授の前に立ち塞がった。

「ちょっと待ってくれ。吉沢先生は違う。あの人はこの学院で静かに美術の研究ができれば満足なだけの人なんだ。罪を犯すような人じゃない。それは断言できる。一体、誰がそんなことを警察に吹き込んだんだ。あんたなのか？　なんでだよ、なんのためにそんなことするんだよ。娘に疑いがかかるのを防ぐためか？　それとも、あんたが鈴木を殺したからか？」

震える声をごまかそうとして大きな声がでてしまう。真壁教授のことをよく知っている吉沢先生が、タブーを犯して彼の最愛の娘に近付くはずがない。俺のせいだ。俺が不用意に近付いたからだ。歪んだ視界で真壁教授と目が合う。吉沢先生は生贄《いけにえ》だ。

真壁教授は興味深そうに俺を見上げていたが、ふっと顔を揺らすと喉の奥で笑いはじめた。白髪の交じった銀色の髪が鈍い光を散らす。

ぞくっと身がすくんだ。小波が仁科麻里に見せた笑い顔と同じだった。

「君の激昂《げっこう》する顔はなかなか面白いけれど、今日はこれくらいにしないか」

真壁教授がそう言った途端、扉が開いて校長と教頭が汗を浮かべながら戻ってきた。俺と目が合うと、まったくなんて醜聞だ、とか、吉沢先生の代わりをしばらくお願いしたい、とか口ぐちに喋りだした。生徒に吉沢先生のことを訊かれた際の対応も事細かく指示してくる。

俺はその様子を別の世界のことのように眺めた。まくしたててくる声も頭の中を通過していく。真壁教授の冷たい微笑みだけが警告のようにびりびりと肌に食い込んでくる。

真壁教授は細い顎に手を添えて俺たちを滑稽そうに眺めていた。やがて、顎から手を離すと、肘かけに戻した。真壁教授がとんっと小さく指を弾くと、部屋は静まり返った。

「吉沢先生の代わり、頼まれてくれるよね」

平坦な闇が俺を見つめていた。声だけは奇妙なくらいに優しく穏やかだった。

「まあ、萩原くんはここが気に入っているようだから、願ってもないことかな」

笑いを含んだ声だった。瞬間、悟った。次は俺だ。

こいつは俺と小波とのことを知っている。俺が毎夜、こいつの敷地内に忍び込んでいたのを、どこからか見ていたのだ。知りながら、俺をここに縛りつけておこうとしている。自分の手の内に置いて、好きな時にじっくり追い詰めて愉しむつもりなのだ。

ゆっくりと血を抜いていくように。


どうやって校長室を出たのかよく覚えていない。

気がつくと、全速力で廊下を走っていた。廊下には誰もいない。チャイムの鳴る音さえ気付かなかった。

渡り廊下から上履きのまま外に飛びだした。旧校舎の裏に回る。職員用の駐車場にシルバーのセダンが停まっているのがすぐ目に入った。助手席に小さな人影も見える。

大股《おおまた》で近付いていくと、車の中で小波が顔をあげた。やはり、いた。

俺を見て一瞬、驚いた顔をしたが、すぐに目を伏せる。「開けろ」と言った。聞こえていないのか、小波は動かない。もう一度、今度は怒鳴った。それでも、俯いたままだ。

拳を握り締めると、思い切りフロントガラスを殴った。重く鈍い音がして、車体が揺れた。殴りつけた手が衝撃でぶるぶると震えた。手首の骨が軋む。でも、痛みはまったく感じない。腕の一本くらい壊れても構うものか。

俺は続けざまにガラスを殴りつけた。小波は頭を抱えてシートでうずくまった。車が揺れる度、小波の身体もびくりと跳びあがった。

何度殴っただろう。助手席のドアが開いて小波が飛びだしてきた。抱きつかれたが、もう腕の感覚はなかった。「やめて、やめて」と叫びながら、小波は俺の身体を押さえようとする。俺は小波の手を振り払うと、彼女の細い顎を掴んだ。

「俺のことを父親に話したのか？　吉沢先生に濡れ衣《ぎぬ》をきせて、俺を牽制しているつもりなのか？」

小波は必死に顔を動かそうとした。柔らかい頬に指が食い込む。ひしゃげた唇が必死に「ちがう」という単語をなぞっている。

怒り狂っていたはずなのに、小波の歪んだ顔を見ると、どうしようもなく哀しくなった。

手を離して、地面に座り込む。小波も力尽きたように横に膝をついた。黒いスカートが広がる。

「わたし、言ってない。今朝、聞いたの、犯人が捕まったよって」

震えていた。かき消えそうな声で、「ごめんなさい」と呟く。

「何もしてないのなら、なんで謝る」

小波は答えなかった。地面を見つめたまま動かない。

殴り続けていた方の手がぬるぬるとした。見ると、爪が刺さって掌から血が流れていた。小波の顎にも俺の血がついている。引き寄せ、自分のシャツの袖で拭《ぬぐ》った。殴られそうになったのに、小波は目を閉じて大人しく拭《ふ》かれている。

胸が苦しくなって抱き締めた。耳元で小さな吐息がもれ、小波の甘いにおいがした。

本当に首を突っ込んで欲しくなければ、こんな風に身を委《ゆだ》ねない。小波が悪いんじゃない。あの狂った父親のせいだ。

「なあ、俺、やっぱりお前が好きだよ。好きって言ってもさ、そんな感情を持ったことがないから本当に好きなのかもわからない。けど、何かあるんだよ。掻きむしりたいもんが。それで、お前を見るとぶつけたくて仕方なくなる。だから毎回こんな風にぐちゃぐちゃになって困らせることになるんだ。後悔もする。でも、止められない。お前に触りたい、引き千切りたい、俺を見て欲しい、誰にも触らせたくない。いっそ壊してしまえたらって思う。けどさ、こんなこと言っておいて信じてもらえないかもしれないけど、傷つけたくはないんだ。時々、お前がすごく綺麗に見えるんだよ。俺ははじめて人を美しいと思った。はじめてまっすぐ欲しいと思ったんだ。だから、傍にいてくれ。頼むからあいつから逃げてくれよ」

途中から何を言っているのかわからなくなった。でも堪えられなくて喋り続けた。

小波はしばらく黙っていたが、「逃げられないの」とぽつりと言った。土に吸い込まれて消えてしまいそうな小さな声だった。

「どうして」

「血が繋がっているから」

小波は俺の腕から身をひくと、旧校舎に生い茂る蔦を見上げた。壁はびっしりと隙間なく緑で埋め尽くされている。

「どんなに離れようとしても血が絡みついてくるの。あの蔦みたいに、目をつぶっても目蓋《まぶた》の裏にはっきりと見えるわ。いつでも、感じるの。何よりも赤く、何よりも強い糸が身体中に絡みついているのを」

しばらく口をつぐむと、「あなただって」と俺を見る。

「お父さんが死んだから離れられたんでしょう？」

「違う」と叫んだ。

「俺は捨てられた。親父が死んだのは偶然だ。本当の血の繋がりなんて関係ない。お前と同じ血が流れているのは俺だよ」

「あなた？」

「そうだ、俺もお前も親を憎んでいるから。自分を捨てた母親も、自分を支配しようとする父親もお前は本当は憎んできたはずだ。一人になるのが怖くて認められないだけだ。本当は俺と同じなんだよ。同じように血の繋がりに苦しめられて、嫌悪しているんだよ。今はわからなくても、そのうちわかる」

小波は遠い目で俺を見上げた。

「お前が仁科のことを可哀そうって言ったのは、自分が言われたくなかったからだろう。わかるよ、俺だって絶対に言われたくなかった。だから、いつも先に攻撃して相手を遠ざけていた。憐《あわ》れまれるより、憎まれる方がずっとましだったから。でも、このままだと、お前は誰とも生きられなくなる。今の俺みたいに空っぽになって、自分の血も憎むようになってしまう。そんな風に生きたくないだろう。だから、自分の意志で父親を捨てろ」

「できない。どんな顔して生きればいいかわからない」

小波が急に鋭い声で言った。

「じゃあ、一生父親の世話をして生きるのか？　あんな……あんな父親と……」

「わたしと父は影なのよ。二人で影として生きるしかないの。二人で同じ罪を犯したから。わたしの居場所は父の元にしかないの……。今までずっと絡まり合うようにして生きてきた。いまさら……もう、無理よ。どうやって……」

「違う！　そう思い込まされているだけだ。お前は悪くないんだから、好きに生きていいんだ」

「その方法がわたしにはわからないの！」

悲痛な顔をしていた。迷子になった子供みたいだった。

目が必死に誰かを求めている。抱き締めて、支配して、導いてくれる誰かを。

手を伸ばしかけると、小波の肩からすっと力が抜けた。そのまま、抱き合った。

細い身体はまだ震えていた。きつくしがみついてくる腕が、「たすけて」と言っているように思えた。

俺はやっと気付いた。真壁教授がどんな人間であろうと、小波が父親を裏切ることはできない。そう育てられてきたのだから。

きっと、幼い彼女にとっては父親を肯定することが生きる術だった。ずっとそうして生きてきたから、父親を捨てることは今までの自分を全否定することになってしまう。

全てを捨てろと言われてできる人間なんかいない。底なしの闇に放りだされるようなものだ。そうなったら人は何にだってすがりつくだろう。呪われた血の縛りだって、救いの糸に思えるはずだ。

だから、俺が切らなくてはいけない。彼女が壊れてしまう前に。

「俺がいる」と小波の耳元で言った。

「どうやって生きていけばいいかわからないなら、俺に全部くれればいい」

どう言葉にしていいかわからなかった想いは案外容易《たやす》く口から零《こぼ》れ落ちた。小波の返事はなかった。けれど、俺の手を振りほどくこともしなかった。ただ、俺の胸に顔を埋めたまま動かずにいた。その震える身体が自分の半身のように思えた。

もう離れられない。

同じ罪、という言葉が頭の中をまわっていた。だったら俺も――。

小波のハンドバッグから落ちたものが地面に散らばっていた。音をたてないようにキーケースを拾うと、ズボンの後ろポケットにそっと入れた。

頭の片隅がやけに冴《さ》え冴《ざ》えとしていた。おかげで妙に視界が鮮明だ。

毎夜通った、山肌の覗く坂道を上っていく。昼間でも人通りはない。時折、高級車が細い道をそろそろと進んでいく。静かだ。むわっとした湿気で軽く汗ばんでくる。

見慣れた四角い建物がちらりと見えた。見上げて、思わず目が釘付《くぎづ》けになった。

濃い紅色の花が家を取り囲んでいた。家の周りに生い茂った夾竹桃の花だった。無数に咲いている。昼の日光の下で見ると、強烈な色彩を放っていた。

花を見上げたまま家に近付いた。紅い花びらは何重にもなり、もりもりと膨れあがるように咲いていた。じっとりと掌に汗が滲む。この鮮烈な花に気付かず毎夜ここを通っていたことに、かすかな恐怖を感じていた。

花が全てを見ていた気がした。劣情も嫉妬も憎悪も。そして、これからしようとしていることも見透かされているように思えた。

振り切るように目を逸らし、掌をズボンに擦りつけると、ガレージを覗いた。車はない。小波は夕方の買い物に行っている時間だ。道路に人影もない。

裏口の門に近付く。キーケースから一番大きな鍵を選んで、鉄格子の間から手を突っ込んで内側から鍵を差し込む。門はあっさりと開いた。

日光の遮られた庭に入ると、汗がひいていった。庭を横切り、そっと靴を脱いで台所から家の中に入った。薄暗く、ひんやりとした空気の中を進んでいく。

だだっぴろい一階には誰もいない。螺旋階段を上って二階に行く。吹き抜けの廊下を過ぎると、床は毛足の短い絨毯になった。

一番奥に進む。真壁教授の寝室のような気がしていたが、予感は的中した。日差しの降りそそぐ部屋の中央には大きなダブルベッドがあった。その向かいに鏡台がある。小波のものと思われる化粧瓶から思わず目を逸らす。部屋は無機質に感じるほど整えられている。それがかすかな救いに感じた。

ふっと油絵の具の匂いがした。廊下を振り返るが、誰もいない。ドアも開いていない。けれど、確かに揮発油の蒸発する匂いがした。寝室に入って見渡す。クローゼットらしき扉があり、数センチ開いている。手を伸ばした時だった。

一階でどっと音がたった。

突然、大勢の人間が入ってきたようなどよめきだった。ぎょっとして立ち尽くす。廊下を窺いながら耳を澄ますと、ひゅうっと甲高い笛のような音が聞こえた。軽快な太鼓の音が続く。どこか暗く、懐かしい調べ。これは、祭り囃子《ばやし》か。

そろそろと進み、螺旋階段から下を覗いた。階下に人影はなく、がらんとした空間が広がっている。もの哀しく荘厳な調べだけが流れていく。一瞬、自分がどこにいるのかわからなくなった。

壁で何かがゆらっと動いた。

白い顔。幽霊かと思ったが違った。

巨大な液晶画面の中で、着物姿の人間が扇をかざして舞っていた。女の能面をつけている。

舞うといっても、はたしてそう呼んでいいのかわからないくらい動きがない。演奏する人たちを除くと、四角い舞台には植物の巻きついた大きな籠《かご》ぐらいしかない。舞い手は非常にゆっくりとした動作でその籠に入ったり出たりしながら、まるで縛られているかのようにじりじりと窮屈そうに手足を動かした。

「息苦しい舞だろう」

吹き抜けの天井に声が響いた。足を滑らしそうになり、慌てて階段の手すりを掴む。小さく鼻で笑う気配がした。

横を向くと、キャットウォークに真壁教授が立っていた。片手に持った本を壁一面の本棚に戻す。小波によく似た白い横顔。

「能の、定家《ていか》という演目だよ。この静かな舞と楽曲が二時間続く。観る方も演じる方も苦行さ」

こつん、と杖が鳴る。ゆらりと痩《や》せた身体が動く。

「話の続きをしに来ると思っていたよ。君とは、途中になっている話がたくさんあるからね」

そう言うと、愉しげに薄く笑った。

俺には話なんかない。言いたいことは山ほどあったが、もうどうでもよかった。ただ、目の前のこの男が消えてくれることだけが望みだった。

あんたが消えてくれたら、小波は俺といられる。自由になれる。もうあんな微笑みを見なくても済む。

なのに、動けなかった。

こつり。もう一歩、真壁教授が近付いてくる。目に嗜虐《しぎゃく》的な輝きをたたえて、じり、じりと俺との距離を埋めていく。杖を握る白く乾いた手が目に入る。

あの手が小波に触れて、こねまわし、変えたのだ。もう二度と触れさせないようにしなくてはいけない。早く、さっさと済ませて立ち去るんだ。やられる前にやってしまえ。簡単だ、事故に見せかければいい。

決意してここに来た。何をすべきかもわかっていた。

それなのに、俺は呟いていた。

「……あんたのせいなんだ」

真壁教授が動きを止める。

「俺はあんたが小波にしてきたことを知っている。あんたのせいで、あいつはああなったんだ。あんたはおかしい。おかしいんだよ。だから……」

「私のせい？」

真壁教授の顔から笑みが消えていた。

「してきたこと？」

心の底から幻滅しきった声。見覚えのある顔だった。学生たちの作品を小馬鹿にする時と同じ目をしていた。

「がっかりだよ」と、階下に目を遣る。画面の中で舞う女を眺める。

「私は言ったはずだ、サロメだと。施したのは私ではない。あれはもう、そういう風にできていた、私が手元に置いた時にはね。この定家の式子《しょくし》内親王と同じだよ。蔦が絡まっていないと崩れてしまう。そういう女なんだ」

「あんた……自分が何を言っているかわかっているのか？」

「私はあれが欲しかったから母親から奪った。私から奪おうとする者がいたら排除してきたよ。今の君とどこが違う？」

「俺は……」

「自分なら彼女を救える、と思った？　全てを分かち合えると？　私もそう思っていたよ。だから、あの腐った女から力ずくで奪った。あれの心も身体も、ずっと、奪ってきた。それの何がいけない？　全て、あれのためだ」

平坦な目で俺を見つめる。「君と同じだよ」と微笑む。背筋が凍る。こいつに呑み込まれてはいけない。

「あんたは父親だろう？」

俺の問いかけが可笑しくて堪らないというように喉の奥で笑う。

「無理だよ」

見透かすように囁く。

「あれが私から離れられるわけがない。離れ方など教えていないからね」

うわ言のように「無理だよ」と繰り返す。

声がでなかった。遠くで女が舞い続けている。泣いているのか、笑っているのか、まったく表情の読めない白い顔で。空気を引き裂くような笛の音が耳を刺す。その中で真壁教授の声がゆっくりと重く響いた。

「教えてやろうか。結局、させられるのさ」

「え」

「あれと居ればいつかわかる。あれはサロメと一緒だ。何を思って首を求めたかなんて誰にもわからない。超越した自我？　純粋無垢な魂？　母親の言いなり？　そのどれもが画家の解釈に過ぎない。だが事実はひとつだ。彼女はまんまと望みのものを手に入れた。それだけだ」

真壁教授が手すりから離れる。こちらに近付いてくる。

「どうして君だけが無事だと思う？　あれの近くにいて」

俺だけが無事？　違う、これからだからだ。これから俺はこの恐ろしい男の手で弄ばれるのだ。だから、その前に。

「君があれを見つけたんじゃない。あの子が君を選んだんだ」

何を言っているのかわからない。

「サロメは自分で手を下したりはしないよ。あれもね、自分では何もできない生まれつきの人形だ。だから、私や君みたいな人間が必要なんだよ。奪う代わりに全てを捧げてくれるような人間がね。あれはそういう関係しか知らない」

すぐ目の前に真壁教授の顔があった。

「私の手も、君の手も、血にまみれている。君は身近な女を殺しているよね？　あれは、母親かな？」

笑われた、気がした。口の中がからからで声がでない。首を振る。何度も振る。視界がぐにゃぐにゃと歪む。その真ん中で男が笑っている。このよく喋る男は誰だ。何を言っている？　どうして、俺を笑う？

「記憶の底に赤はないかい？」

身の内から這いあがってきた言葉に思えた。けれど、男の唇が動いていた。

「絵を見ればわかる。そう思ったことはないかな。私はよく、思ったよ。抽象的な絵を描かせると、きまって君の描く女は赤に染まった。快感と後悔と衝動がぐちゃぐちゃになった素晴らしい絵だったよ。私は好きだったな、すごくね。どうだい、そろそろ思いだしたかな。君は人殺しだ。私と同じ」

闇のような目が俺を見つめていた。どこまでも暗くのっぺりとした完全な闇だった。その奥で赤いものがちらついた。

自分の掌を見つめる。記憶の底の、赤に染まった両手。小さな俺の手は赤を地面になすりつける。赤で、赤で、描かなきゃ。描くんだ。女を、俺の傍にいた女を。そうしたら、俺だけのものになる。もう俺を殺そうとしない、俺だけの母親に――。

闇からぬうっと白い手が伸びてきて、俺の首を摑んだ。

冷たかった。瞬間、殺されると思った。

殺せ、と身体の底で黒い獣が吼《ほ》えた。

目の前に迫った顔に向けて思いきり拳を振るう。手ごたえがあって、俺の首から男の手が離れた。肩の辺りを摑んで、手すりに何度も叩きつける。衝撃が伝わってくる度に頭の中が白くなっていく。壊せ、壊せ、消してしまえ。

うずくまりかけた身体を蹴る。蹴る。蹴る。突然、蹴り続けていた身体がぐらりと大きく傾き、ふっと視界から消えた。

あっと思う間に、男は階段を落ちていった。

骨ばった身体がごつごつとぶつかる鈍い音が響く。最後に捻《ね》じれたような、潰れたような湿った音が聞こえて、静かになった。

それから、ゆっくりと呻き声が聞こえてきた。地の底から響くような声だった。

一歩、足を踏みだすと、硬いものにぶつかった。からん、からんと高い音をたてて段を落ちていく。杖が、と思い、引っ張られるようにして螺旋階段を下りた。

床に血塗れのひしゃげた肉の塊があった。

目だけが動いて、俺を見上げた。うすく細められていた。笑っていた。なぜ、まだ笑っている。

男の目がふっと俺から外れた。
視線の先で、玄関に通じるドアが音もなく開いた。小波が立っていた。
男の目と小波の目が絡み合う。血のまじった荒い息が響く。
長い時間だった。やがて、小波が俺を見上げた。促すように、そっと。
美しい顔だった。なにより美しい女だと思った。
男の身体から赤いものが幾筋も流れだし、彼女の足元へゆっくりと流れていった。
まるで蔦が触手を伸ばすように。
俺は杖を拾って振りあげた。

イヌガン

ゆるやかに広がるだんだん畑を見下ろしていた。

夕暮れは刻一刻と濃さを増し、田畑の緑は色を失くしていく。

そんな中、僕は必死に目をこらしていた。

丘のてっぺんの名も知らぬ木の上で膝を抱えながら。

風が吹く度にまわりで葉がざわざわと鳴った。

やがて、木は根元から闇に呑まれていき、辺りはとっぷりとした夜に沈んでいった。

だんだん畑の下の方でオレンジ色の光が揺れていた。光はどんどん増えていき、僕の名を呼ぶ声も聞こえてきた。

それでも、動かなかった。

ずいぶん昔の記憶だ。

帰宅途中に、ふいにそんなことを思いだしたのは、はやばやと入りはじめた冷房で車内が少し寒すぎたせいかもしれない。

あの時も夏のはじめだった気がする。夜はまだ肌寒かった。

けれど、もっと冷たい不安が腹の底にあった。そして、ずしりと重い恐怖も。それをあたためようとするかのように、僕は木の上でじっとうずくまっていた。

体がすっかり冷えきってしまうまで。

僕がぶるっと身を震わすと、隣の吊革《つりかわ》に手をかけていた女性がちらりと視線を寄こしながら半歩離れた。気まずくなり、うつむく。

タイミング良く乗換駅に着いて、扉が開く。一気に人々が扉へと殺到し、僕は押しだされるようにして電車を降りた。

人々が魚の群れのように行き交うホームをすり抜けて、ローカル線の改札に向かう。発車を告げるベルの音が響く。

小走りで乗り込むと、古い電車はがたん、と身震いするように揺れて動きだした。

駅に入ってきた電車とゆっくりすれ違う。中では大学生風のカップルが足を投げだして寝ていた。男の子はジーンズの裾をまくしあげて、女の子はショートパンツの上で大きな籠バッグを抱えている。白い蛍光灯で照らされた肌は日に焼けて、ほんのり火照っているように見えた。

この電車は海に向かう。

けれど、僕は海岸線が見えてくる前に降りてしまうので、駅で海水浴帰りの人々とすれ違う時くらいしか海の存在を思いださない。

沿線まわりは寺や史跡が多いせいか、どの駅も植物の気配が濃い。僕が降りる駅も紫陽花に覆われていて、少し前までは平日でもよく観光客の姿を見かけた。

植物が多いと、夜の車窓は黒に塗り潰される。

シートに座った自分が窓に映っている。なんだか自分じゃないように思えて、じっと見つめてしまう。社会人五年目でスーツがしっくりと馴染むようになった。喜ばしくもないけれど、似合っていないよりはましだ。

電車が揺れて、止まった。

プシューというまぬけな音と共に扉が開き、湿った青臭い夜気が流れ込んできた。

また、だんだん畑を思いだした。

どうして僕はあんなところにいたのだろう。

目を閉じようとした途端、ポケットに入れた携帯が震えた。ほんの少し、驚く。

そっと取りだして、メールをひらく。

――まだ着いてないよね？　ちょうど買い物終わったとこだし、駅で待っているね。

無機質な文字がまるい声となって頭の中で響く。

ついさっき電車乗ったところだから、と文字を打ちかけて消す。結局、もう少しかかるから明るいところにいなよ、と返事を送った。彼女は待っていると言ったら、待っているタイプだ。もう駅に向かっているのだろう。駅からマンションまでの道は暗いので、一緒に帰る方が安全だ。

がたん、ごとん、と揺れる電車が急にもどかしく思えた。

扉が開くと、早足で降りた。湿気を含んだ重い風が吹きつけてくる。そういえば、今夜から雨らしい、と斜め向かいに座った中年女性たちが話していた。

無人改札を抜けると、階段の下に小さな人影が見えた。

裸電球を見上げながら、後ろ手でスーパーの袋を持ってぶらぶら揺らしている。

呼んだけれど、電車が発車する音にかき消されてしまったようで気がつかない。

スーパーの袋が揺れる。細い足首がよろめく。

そのまま、ふらりとどこかへ行ってしまいそうだ。

階段を下りながらさっきより大きな声で叫んだ。

「澪！」

大きな重い風が吹いて、紫陽花の茂みがざわめいた。

彼女の肩がびくりと跳ねた。

突然、思いだした。

あの晩、丘の上の木に登っていた理由を。

犬だ。

犬から逃れるためだった。闇に潜んで襲ってくる黒くて巨大な犬から。

息を吸い込む。

「澪」

もう一度呼ぶと、彼女はゆっくりとふり返った。

そして、僕を見上げて子どもみたいな顔で笑った。

空き地を風が抜けていく。

街灯に照らされた真緑の草原が波のようになる。澪に歩調を合わせながらゆっくりと歩く。

家と家の間に作られた狭い畑を見つめていると、澪が僕を見上げた。

「すこし懐かしくて」

そう言うと、彼女は小さく首を傾げた。肩の上で髪がやわらかくゆれる。

「小さい頃、じいちゃんの畑とか手伝ったりしてたから」

声をたてずに澪が笑う。

「似合わない？」

澪がうなずくと、スーパーの袋がかさかさと鳴った。持とうと思い、手を伸ばすと、彼女は首をふった。

最近の僕らはあまり言葉で会話をしない。特に澪はそうだ。

それでも、不便は感じない。互いの気配で言いたいことはだいたい伝わる。一緒に暮らして三年も経つので、よほど大事な話でもなければ、明確な言葉を日常で交わす必要はそんなになくなっている。

ただ、毎日、変化がないことを確かめられればいい。それは、会話の端のちょっとした抑揚や、何気なく浮かべる表情や、まとう空気でわかる。

いつか、言葉はどんどん短くなって、目を見交わすだけで事足りるようになるのかもしれない。そんな錯覚さえ抱く。

澪《よう》が口をひらいた。

「耀はちょっとオリエンタルな顔をしているよね」

「うちは母方が南の方だから。母は島育ちなんだ。僕は母に似たみたいだよ。でも、顔も名前もあまり自分に合う気がしないんだよね」

「耀って名前は嫌い？」

「ちょっと明るすぎるかな。同じ一文字でも澪はいいよね、なんだかしっとりしてて」

彼女はかすかに笑った。風が僕らの背中を押す。斜め後ろの茂みがざわめいた。

「ああ、でも明るいばかりでもないのかも」

僕が呟くと、澪がこっちを向いた。街灯が卵形の顔を照らす。

澪は派手ではないけれど、こぢんまりとした可愛らしい顔をしている。ゆるくウェーブのかかったオレンジ色っぽいボブ。ピンク色の唇とほっぺた。大きな深い目。どこか頼りなげな表情。もうすぐ三十歳にはとても見えない。体つきも子どものようだ。はじめて会った時から僕より年下に見えた。

「なにが？」

「いや、母が育った島の人たちってみんなおっとりしていて明るいんだけど、母から聞かされた民話は怖いものが多かった気がして。怖いっていうか、なんだろう、荒々しいのかな」

「原始的な感じ？」

「うん、大自然の神さまがよくでてきたし、島のあちこちにも血なまぐさい逸話が残ってた。よく意味がわからない話もあったし。それを今日ちょっと思いだしたんだよね」

靴の爪先《つまさき》に小石がぶつかり、用水路の方に転がっていく。思いの外、大きな水音がたつ。澪の淡いイエローのぺたんこ靴は足音がしない。僕の靴音だけが闇に響いている。

「人を喰《く》い殺す犬がでてくる話だった。怖かったな。小さい頃の僕はその犬が本当にいると信じて、木に登って夜中まで隠れていて大騒ぎになったことがあったよ。近所の人たちが総出で捜して見つかったらしい。その時のことはほとんど記憶にないけど、その後、母は祖母にひどく怒られたみたいだ」

反応がなかった。慌てて彼女の顔をのぞき込む。

ぼうっとした目で足元を見ている。時々、澪はこうなる。見ているようで何も見ていない目。

「ねえ、澪、今日の晩ご飯なに？」

声をかけると、澪は顔をあげてにっこりと笑った。

「海老《えび》チリ。海老が安かったから。あとは春雨サラダと卵スープ」

「いいね、海老チリ好き」

「辛くするね」

もう一度、スーパーの袋に手を伸ばす。「一緒に持とう」と言って、二人の間にぶらさげて歩いた。動く度に袋が乾いた音をたて、気まずさを埋めていく。さっきはちょっと失敗した。

僕らは子どもの頃の話をめったにしない。

澪に両親がいないせいだ。小さい頃に事故で亡くしたらしい。付き合いはじめたばかりの頃に聞いた。高校までは親戚《しんせき》の家にお世話になっていて、卒業してからはずっと一人で暮らしてきたの。でも、保険金とかがあったからお金には困らなかったし、特に不幸ってわけじゃなかったのよ。そう、淡々とした口ぶりで言った。いつも通りにこにこしながら話してはいたが、目はなんだか遠くを見ていた。

触れられたくないのだと思った。

「そういえば、さっき藤井《ふじい》から電話があったよ」

話を変えると、澪の表情がかすかに明るくなった。

「藤井くん、最近どうしてるの？」

「特に変わりないみたいだよ。相変わらず声でかいし、テンション高かった。明日、仕事帰りに飯でも行こうって」

本当は今から飲もうと誘われたのだが、澪に帰るメールをした直後だったので断った。

「澪も来る？」と訊くと、「うーん」と首を傾げた。

「有紀《ゆき》ちゃんは？」

「さあ、何も言ってなかった。来ないんじゃないかな」

藤井とは同じ大学で、一年の時に遊びで入ったテニスサークルで仲良くなった。就職活動を終えて暇になった時、藤井がバイトをしていたイタリアンレストランに誘われた。澪はそのレストランで週末だけ働いていた。平日は介護福祉の専門学校に通っていると言っていた。藤井の彼女の有紀ちゃんと四人で遊ぶうちに付き合うようになった。澪は僕らより年上だったけれど少し抜けていて、世間慣れしていないところもあって話しやすかった。

「二人で会ってきなよ。わたしはやめとく」

澪がそう答えるのを予想していたのに、「そう？」と意外そうな声をつくる。

「藤井くんのことだから、どうせ有紀ちゃんの愚痴とかろくでもない話だもん」

「それを全部、僕に押しつけるの？」

「うん、友達でしょ」

澪がくすくす笑う。小さな振動がスーパーの袋を通じて伝わってくる。

古い墓地を曲がると、ぽつぽつと灯りの点ったマンションが見えた。

事務やアシスタントの子たちが帰ってしまうと、フロアは急に静かになる。

小一時間ほど仕事をすると、僕は肩をまわしながら立ちあがった。斜め前の席の後輩がモニターから目だけをあげた。

「お疲れさま」と一応声をかける。ぼんやりとした声が部屋のあちこちから返ってくる。部長の席は空だった。今は新製品も少なく、わりと暇な時期だ。

僕のいる広告宣伝部は個人でやる仕事が多いので過干渉なところがあまりない。仕事がたて込んでくると終電を逃すことも少なくないけれど、ややこしい人間関係がないのは正直言ってとても楽だ。金曜だからといって頻繁に飲みに誘われることもない。

音もなく下降するエレベーターに乗り、ガードマンのいる広いロビーを横切る。誰もが名前を知っている大手の家電メーカーなのでビルが妙に立派だ。なんとなく自分にそぐわない気がして、いつも心持ち早足になってしまう。

地下鉄で繁華街に出る。なまあたたかい空気をかきわけて歩き、藤井からのメールにあったチェーン店の居酒屋に入る。

ビルの八階にある地鶏《じどり》専門の居酒屋は薄暗く、どのテーブルもついたてで仕切られていて半個室のようになっていた。藤井は奥の掘りごたつ風のテーブルで携帯をいじっていた。

「お待たせ」

腰を下ろし、生ビールを頼む。渡された熱いタオルで顔を拭くと、藤井が「うわーおっさん！」と声をあげた。去りかけていた二十代前半くらいの女性店員がふり返ってくすっと笑った。顔がかあっと熱くなる。

「お前も拭いただろ」

　ぐしゃぐしゃに丸められた藤井のタオルを睨みながら言い返すと、藤井は「でも、お前は汗かくような仕事じゃないじゃん」とにやにやした。

藤井は不動産の営業をやっている。元々、誰とでも喋れて物怖《ものお》じしない奴だったが、働きだしてからは会う度にこなれた男っぽい雰囲気になっていっている。

「変わんないね、お前」と言われる度に、なんとなく馬鹿にされたような気分になってしまう。藤井は思ったことを口にだしてしまうタイプなので、単に自分の劣等感のせいだとはわかっているのだけど。

　運ばれてきたジョッキを軽く掲げて乾杯の仕草をすると、喉に流し込んだ。冷たい液体が胃にすべり落ちていく。藤井が「適当に頼んじゃっていいよな」と言いながら焼き鳥や揚げ物を注文した。珍しく豆腐サラダなんかも頼んでいる。「最近、野菜不足でさー」と弁解するように笑う。

「お前はいいよね、澪さんがちゃんと作ってくれるし」

冷やかしには乗らない。「そうだね」と短く答え、枝豆を口に含む。水っぽい。確かに澪だったらこんな冷凍食品を食卓にだしたりなんかしない。

「有紀ちゃんはあんまり料理しないの？」

「あいつも仕事忙しいからねー。あんまり尽くされてもなあ、年齢的にまずいしさ」

「まずいって？」

「え、だって結婚とか。あいつ仕事が仕事なだけに結婚願望かなり強いし」

「かえって幻想なくなりそうなのにね」

「そうでもないみたいだな」

有紀ちゃんはウェディングコンサルタントをしている。名前は華やかだが給料は驚くほど少ない上に週に一日しか休みがない、とよく愚痴を言っていた。藤井とも月に一、二回休みが合えばいい方らしい。

「結婚しないの？」

藤井は頬杖をついた。

「お前こそどうなのよ、一緒に住んで三年だよね」

藤井と有紀ちゃんは去年の冬くらいから同棲《どうせい》しはじめたばかりだ。

「そういう話はでないな」

「えー、ああ見えて澪さんそろそろ三十でしょ。澪さん、おっとりしてるから何も言わないだけだって、本当はいろいろ考えてるよ。それかお前が頼りなさすぎるとか」

冗談に聞こえなかったので一瞬むっとしたが、流した。

澪のことを考える。澪との暮らしはもう日常だ。今まで付き合った誰よりも居心地がいいし、あまりにも当たり前に一緒にいるので、改めて結婚を持ちだす気にならない。

澪も結婚にはこだわっていないように見える。昔、「家庭とかってうまく想像できない」と言っていたこともある。生いたちのせいだろうか。

「まあ、こっちのことはいいよ。有紀ちゃんは結婚したがっているの？」

「どうもそうみたいだな」

藤井は大きなため息をつく。喧嘩でもしたのだろうか。

「したくないの？」

「そういうわけじゃないけどさ」と煙草に火を点ける。「しつれいしまーす」と頭上から声が降ってきて、豆腐サラダと唐揚げの皿が置かれた。店員がいなくなると、藤井は僕を見た。

「浮気されてんのかも、俺」

「なんで」

藤井は直情的というか、思い込みの激しいところがある。目をそらして割り箸《ばし》を袋から取りだしながら、つとめて抑えた声で返事をした。

「こないださ、久々に一緒に買い物行った時に、俺、コンビニに金おろしに行ったの。あいつは外で待っていて。その時、知らない奴に声かけられてたんだよね。四十手前くらいのちょっとガタイのいいサラリーマンだった。有紀のやつ、そいつ見た瞬間にすげえ焦った顔してさ。でも、なんか喋っていた。俺がコンビニから出ていくと離れていったけど、ふり返ったらその男がこっち見てて。なんか嫌な感じで笑ってたんだよね」

「有紀ちゃんは？」

「昔の職場の知り合いって言ってた。でも、話している時の距離が妙に近かったんだよ。

なんか男と女の雰囲気があってさ。わかるじゃん、そういうの」

「疑ってるわけ？」

藤井は煙草の灰を落としながら煙を吐いた。

「疑ってる。だって、有紀が今まで働いていた店なんてほとんど知ってるけど、そんな奴のことなんて聞いたことなかった。詳しく訊いたら、高校の時のバイト先だったかも、とかあやふやなこと言うし。怪しくないか？　それに、あの男の笑い方がさ、どうもひっかかるんだよね」

「お前に勘違いされないように愛想笑いしたんじゃないの？」

「そんな感じじゃなかった」

藤井ははっきり言うと黙った。僕は藤井が吐きだした煙が消えていくのを眺めながら続きを待った。

「うまく言えないけど、憐れむような顔をしていた。最初は馬鹿にしてんのかって思ったけど、もっと粘着質な感じだった。あんな目で笑われたのははじめてだったよ。なんか妙に惨めな気分になった」

有紀ちゃんはスタイルも良くて、派手な感じのメイクや服装が似合う今時風の子だ。行動や考え方に短絡的なところもある。だから心配なのはわかるけど、裏表のあるタイプではない。今日の藤井は神経質すぎるような気がした。

「なあ、考えすぎだって。自分が浮気していたらどうするか想像してみろよ。彼女といる時に浮気相手にばったり会ってしまったら、あえて普通の対応をしないか？　露骨に焦ったりしたら疑われるだけなんだし。有紀ちゃんが焦っていたってことは違うってことじゃないの？」

「じゃあ、昔に浮気していた奴かも。それに、有紀はお前みたいに賢くない」

藤井は煙草を灰皿に押しつけると低い声で言った。けっこう本気で悩んでいるようだ。珍しい。箸を置いて藤井を見る。

「まあ、何らかの嘘はついていると思うよ」

藤井が驚いた顔をした。いったん相手の言うことを肯定するのも話を進める手だ。

「ついていたとしても、有紀ちゃんが違うって言うんならそこまでだよ。隠したいって思っていることを無理に追いつめても仕方ないし、可哀そうだろ」

「でも、嘘は良くないだろ」

「良くないけど、正直に話してしまう方がもっと良くない事態になるって思っているのかもしれない」

「それって俺を信じてないってことじゃん。なのに、結婚したいってのがわからないんだよな」

違う、と思った。けれど、言ってみたところで藤井には理解してもらえないだろう。

唐揚げにレモンを搾りながら軽い口調で言った。

「諦めなって。女性が本気で隠そうとすることを、男が暴けるわけがないんだからさ」

「お前、相変わらずフェミニストだよね」

「どこがだよ」

「俺ら二人しかいないのに女性って言うとことか。女でいいじゃん。お前そうやっていつも相手をたてるよね。器用に立ちまわって相手に踏み込まないから誰からも嫌われない。でも、それって楽だからだろ。結局、面倒を避けたいだけじゃないか。尊重するふりして距離を置いてるんだよな」

藤井はビールを飲み干すと、ドリンクのメニューをひらいた。

「どうせ理解できないって思っているから」

思わず呟いてしまった。「え？」と藤井が顔をあげる。

「いや、なんでもない。俺もお代わり、生で」

グラスをあけてテーブルの端に押しやる。藤井の後ろに無数のネオンとビルの群れが見えた。どんなにたくさんあっても、どれひとつとして僕のものではない光。そのぎらぎらと輝くひとつひとつの中に大勢の人間が詰まっている。どれだけ人がいても、そっくり同じ人はいない。

昔、澪と出会った頃を思いだした。飲み会の席だった。今の藤井みたいに誰かが恋愛の愚痴を言っていて、相手を信じることが誠意だの愛だのと語りだした時だった。

「信じるのって相手に失礼じゃない？」と澪が言った。

みんな、きょとんとした顔をした。

「だって、人って刻一刻と変化するのに。信じられたら変われないじゃない。それってちょっと重荷じゃないかな」

一瞬、静まり返って、藤井が「鈴木さんってけっこうネガティブ？」と笑った。シェフに「大人しい子だと思ってたのに、意外とシビアなんだ」と言われて、澪が頬を赤める。でも、みんなが笑う中、僕は言葉を失っていた。澪の言葉があまりにしっくり自分の中に収まって、驚いてしまったのだった。

店を出ると、二次会に行かずに駅に向かう彼女を追いかけた。

「あの、ひとつ訊いていいですか？」と言うと、澪は少し身をひいて僕の顔を見上げて、ゆっくりと微笑んだ。

「人との関係に理解とか必要ないって思っているんですか？」

「うーん、無理なこともあるじゃない？　違う場所で育った、違う人間なんだから。それなら、最初からわかり合えるなんていうものを望まない方がうまくいくこともあるのかなって思うの。藤井くんの言う通り、ネガティブな考え方なんだろうけど」

首を傾げて困ったように笑う姿を見て、そんなことない、と叫びそうになった。

たとえそうだとしても、僕はその言葉で自分を肯定されたような気がした。

僕はそれまで付き合った子たちに、どうして本心を見せてくれないの、と責められることが多かった。悲しませるのは胸が痛んだけれど、すべてを見せることが大切だとはどうしても思えなかった。

この人となら、たとえ理解し合えなくても一緒にいることができるかもしれない。あの時、僕はそう思った。自分だけにしか見えないひそやかな灯を見つけた気がした。

月も星も覆い隠す煌々《こうこう》とした都会の夜を見つめながら、昔のことを思いだしていると、

「なあ」と藤井が言った。

「やっぱり女の嘘って暴けないもんなのかな?」

「暴かない方がいいって聞いたな。女の心の底には獰猛な獣が棲《す》んでるんだってさ。無理に暴いたが最後、相手も自分も喰い殺す獣が。だから、失いたくなければ無闇に近付かない方がいい」

冗談めかして言ったのに、藤井は露骨に顔をしかめた。

「誰が言ったんだよ、それ」

「母親」

「お前の?」

「そう」

「お前の母親、どんな人なわけ?」

藤井の眉間の皺を見つめながら新しいビールに手を伸ばす。

「普通の太ったおばちゃんだよ」と答えて、心の中で、今は、とつけたした。

記憶の中の母はいつも哀しげな深い目をしていた。

まだ僕が小学校低学年くらいの頃だ。

父が農家の長男だったので、僕ら一家は父方の祖父母と田舎の古びた大きな家で暮らしていた。

母は時折、「海が懐かしい」と言っては、洗濯物をたたむ手を止めて遠い目をした。町は山と山の間にあって古い家は暗かった。僕が服の裾を引っ張ると、母ははっと我に返り、困ったように笑った。それから、僕を膝に乗せて生まれ育った島の話をしてくれた。不思議な言葉と独特の音程で語られるその物語は歌のようだった。

もの語りをしている時、母の目には海が映っていた。聴いたことのない潮騒《しおさい》が聴こえる気がした。色とりどりの魚や、鮮やかな花、熱帯の植物や神が宿る大樹、家に忍び込んできて悪戯をする精霊たち。バスが一台しか走っていないという島は小さいけれど、とても豊かに思えた。

栄える話もあれば、生き物や人々が死ぬ恐ろしい物語もあった。そんな話の時は、母の目の中に赤い血と闇と炎が見えた。

中でも僕が最も恐れたのは「イヌガン」という伝説だった。

いつのことかは定かではない。

無人島だった島にある大きな船が漂着した。船には数人の男と一人の女、そして、一匹の犬が乗っていた。

島は緑に覆われており、湧き水もあった。住み心地が良さそうだったので、彼らはひとまずこの島に留《とど》まることにした。

だが、ある夜を境に男たちが一人、また一人と消えていく。

そして、七日目の朝には女と犬だけが島に残されていた。

女と犬は海岸の近くの洞窟《どうくつ》で暮らしはじめた。

女と犬との暮らしがどのようなものだったかは誰も知らない。けれど、女は島を出ようとすることもなく犬と暮らし続けた。

ある日、近くの島の漁師が嵐に遭い、この島に流れついた。漁師は疲れ切っていた。人を探して島を歩きまわり、砂浜でばったり女に出会った。

女は美しかった。

男はひとめで心を奪われ、欲しいと思った。

だが、女は男を見ると、顔色を変えた。走り寄り、必死に言った。

すぐにこの島から出てください、と。

ここには恐ろしい犬がいて、見つかれば噛み殺されてしまいます。犬は闇のように黒く、牛のように巨大で、牙《きば》は鋭くどんな骨でも砕きます。敵《かな》うものはおりません。

どうか逃げてください、と女は何度も懇願したが、男は自分を見つめる女の目から離れることができなかった。

男が動こうとしないので、女の口調はだんだんと荒々しくなった。ついには男の背中を押して舟に向かわせようとする。

男は女に少し休んでから出ていくと嘘をつき、女がいなくなると、島で一番大きながじゅまるの木の上に登って銛《もり》を引き寄せ、山刀を抱いたまま眠った。

真夜中に、男は雷のような音で目を覚ました。

辺り一面にむっと獣の臭いがたちこめていた。闇に唸り声が響いている。

木の根元を見ると、大きな赤い目が二つ光っていた。

唸り声は大気をびりびりと震わすほどだった。

男は銛を構えた。闘おうと思うのだが、恐怖で体がぶるぶると震えて動かない。

犬は後ろ脚で立ちあがると、一層激しい唸り声をあげながらがじゅまるの木に喰らいついた。化け物のように巨大な犬だった。ばりばりと木肌を噛み千切っていく。

巨大な木が揺れ、男の足元に犬の息が迫ってきた。

男は渾身《こんしん》の力を込めて銛を犬の肩に打ち込んだ。

手ごたえがあった。

犬は怒り狂い、吠《ほ》えた。暴れて、銛ごと男をふり回した。

木から落ちる瞬間、男は最後の力をふり絞って、銛を犬の躰《からだ》深くに刺し込んだ。

男は地面に叩きつけられ、そのまま気を失った。

朝がやってきて、男は目を覚ました。

全身、犬の返り血で真っ赤に染まっていた。

そして、巨大な犬が横で息絶えていた。

男は犬の死骸《しがい》を木の根元に埋めると、女のいる洞窟へ向かった。

女は血塗れの男を見ると、犬はどこに埋めたのですか、とだけ尋ねた。男は答えず、女を抱いた。二人は夫婦になった。

男と女の間には七人の子が生まれた。

男は自分の島に妻があった。一度は自分の島に戻ったものの、結局、男は女のいる島に帰ってきた。

穏やかな月日が流れた。女は妻となっても変わらず美しく、幸せそうに見えた。

ある晩、家族の団欒《だんらん》で酔った男は上機嫌になり、女に犬の死骸を埋めた場所を喋ってしまった。

子どももいることだし、もう話しても大丈夫だろうと思ったのだった。

その夜、女は消えた。

翌朝、胸騒ぎを覚えた男は犬を埋めた場所へと急いだ。

がじゅまるの根元に女が横たわっていた。

女は犬の骨を抱いたまま死んでいた。

女と犬が暮らしていた場所は、後にイヌガンと呼ばれるようになった。

はじめて聞いた時は巨大な犬が怖かった。殺しても死なない犬なのだと勘違いした。

それを母に言うと、「違うわ」と母は笑った。

「じゃあ、なんで女の人は死んじゃったの」と訊くと、「きっとまだ耀にはわからないわね」と静かな声で言った。わからないと言われたことで焦りにも似た恐怖が高まり、僕は「どうしてどうして」と母にしがみついた。

母は僕を撫でると、声をひそめた。

「きっとね、犬は女の心の中に棲んでいたのよ」

「犬が？　犬は死んだのでしょう？」

母はそっと微笑んだ。

「男は犬を殺したけれど、殺してしまったからいっそう女の心から犬が離れなくなってしまったの。その想いを女は誰にも見せたくはなかったんだと思うわ」

そして、「いい？　人の心は無理に暴いてはいけないのよ」とそっとつけたした。よくわからなかった。わからなかったが、母の心にも犬がいると思った。そして、僕はいつか犬がやってきて母を嚙み殺すのだと信じてしまった。

島で生まれた母にはその女の血が流れているのだから。血の匂いをたどって犬はきっとあらわれる。母の血が流れている僕も殺される。そう思って震えた。

それから一週間ほど経ったある日、母は夕方になっても帰ってこなかった。空は血で染まったような夕焼けだった。

僕は祖母に抱きついて泣いた。もう母は帰ってこない、とわめいた。そして、犬がくる、犬がくると騒いだ。

祖母は菓子やおもちゃを与えて僕をなだめようとしたが、僕はあやす祖母の手をふり払ってだんだん畑のてっぺんへと走った。

木に登るために。

けれど、犬はやってこなかった。母はただスーパーの帰り道の途中で車のタイヤをパンクさせただけで、夜には帰ってきた。

その一件以来、母は僕に島の昔話を語るのをやめた。

高校くらいまで、僕はあのたくさんの物語は母が創作したものだと思っていた。僕が中学生になる頃には、母は町の人々にも溶け込んで明るくなったが、本当は何か暗い秘密を抱えているのだと信じて疑わなかった。

けれど、調べてみると母が語った昔話は多少の脚色はあれど、実際に島に存在しているものだった。

今ならわかる。母は島が懐かしくて一時的に気分が塞いでいただけで、秘密を抱えた謎めいた女性ではなかった。家に鍵をかける習慣もない小さな島でのんびり育った母にとって、知らない人や山々に囲まれた父の実家は馴染みにくい場所だったのだろう。

どの資料を読んでも「イヌガン」の話は事実を伝えるだけで、女が何を思っていたのかは語られていない。犬が女の心の中に棲んでいた、というのは昔の母の解釈だ。

けれど、僕の胸の奥には残った。

「どうしたの？」

すぐ近くで澪の声がした。ソファから身を起こす。

「夢を見た」

「こんなところで寝たら駄目よ」

澪の手が僕の首筋に触れる。ひんやりとしている。

「澪、どこに行っていたの？」

責めるような声音がにじまないように慎重に言う。

早々に酔い潰れた藤井をタクシーに乗せて、いつものように電車で帰った。部屋に澪はいなかった。珍しく帰宅メールをし忘れていたので、コーヒーを淹れて待ったが帰ってこなかった。電話をしても繋がらなかった。ソファに横になっているうちにいつの間にか寝てしまっていた。

壁の時計を見る。三十分ほどしか経っていないのに、深い夜をいくつも越えたような気分だった。部屋が薄暗いせいかもしれない。

「もっと遅いかと思ってた。ちょっとコンビニ行ってたの」

そう言う澪の手にコンビニの袋はない。僕の視線を追って彼女がつけたす。

「立ち読みしていたの」

僕が帰ってきた時、居間のカーテンは開けっ放しのままだった。澪はヘルパーを派遣する小さな会社の事務をしている。いつも夕方には終わる。今日は仕事を終えてから家に帰っていないのではないだろうか。台所も使った形跡がなかった。

かすかな疑いが胸をよぎる。嘘をついているのだろうか。

いや、違う。僕がいない晩は澪はろくに食事も摂らず、寝室で本を読んで過ごすことも多い。居間にいなかったから、カーテンを閉め忘れていただけだろう。

疑うなんて、今夜の藤井の話のせいだ。

その時、ソファの下に置かれた澪の布バッグが目に入った。テキスタイル作家のもので、全体に草花模様の細かな刺繍《ししゅう》がされている。澪のお気に入りで最近よく使っているものだ。布バッグの持ち手に何か緑色のものが絡まっていた。取ると、葉っぱのついた蔦植物だった。

「あ」と澪が僕の手から葉を奪い取る。

「ちょっと転んじゃって」

よく見ると、膝小僧が赤く擦れている。澪はちょっとぼんやりしたところがあって、よく体のあちこちに打ち身やかすり傷を作っている。痛覚も鈍いらしい。

「夜、あんまり遅い時間に一人で外にでるなって言っているのに」

つい不機嫌な声をだしてしまう。「ごめんなさい」と澪が小さな声で言う。

なんだか胸がざわざわした。あんな蔦、この辺りにあっただろうか。

「藤井くん、元気だった？　有紀ちゃんとうまくいってる？」

「うん、いつも通り」

口止めされたわけではなかったけれど、話す気分ではなかった。澪が僕をうかがいながら笑う。

「なんか怒ってるの？」

「いや」と答えたきり僕が黙ったままなので、しばらくすると澪が困ったように言った。

「今日はたくさん飲んじゃったみたいだね、お茶淹れるね。もう寝よう」

立ちあがろうとする彼女の手を摑む。やわらかい。そのまま引き寄せて抱きしめる。髪からは水っぽい植物の匂いがした。

起きあがり、澪の髪を耳にかけて頰を両手で挟んだ。顔をのぞき込む。左目の下の二つ並んだほくろが涙のように見えた。

「澪、泣いていたの？」

そう訊いた。なぜか、泣いていて欲しいと願いながら。

「どうして」

「なんとなく、さみしそうな顔をしているから」

澪の目がかすかにゆらぐ。僕の目を見返す。

「耀にそんな顔で言われると、泣いてしまいたいような気持ちになってしまうよ」

ごめんね、と心の中でつぶやく。そうだ、さみしかったのも、なんとなく泣きたいのも僕の方だ。昔のことを思いだしてしまったせいかもしれない。謝る代わりに僕は彼女の腰にまわすと、太股《ふともも》に頭を載せた。

「ちゃんと連絡しなくてごめんね」

澪は僕の頭を子どもをあやすように抱く。黙ってうなずく。

「ねえ」と言って、手を伸ばした。澪のカーディガンのボタンをひとつ外す。

澪は僕を見て小さく息を吐くと、ボタンをひとつひとつ外して、カーディガンを音もなく脱いだ。キャミソールにも手をかける。

風が外でごうごうと唸っている。雲が流れる青い影が静まり返った居間を走っていく。

彼女がブラジャーを外すと、かすかに月の光が射した。

華奢な体、つるりとしたなめらかな肌、真っ白な胸に走る青ざめた血管がうっすらと見えた。

僕は乳首に唇を近付けると、口にふくんだ。

舌は動かさず、吸う。赤子のように目を閉じ、一心に吸う。

不安がいつもある。こうしている時以外、消えない。

正体のわからないものが影のように日常のどこかに潜んでいて、ある日、突然に僕の何かを粉々に損なってしまう気がする。

不安ははっきりしたかたちを持たない。かたちを持たないから対処のしようがない。いっそ全てを壊してしまえば、見つかるのかもしれない。でも、全てってなんだろう？

澪は黙って僕の頭を撫でている。

母親から離れた時、どこかで僕はほっとした。ああ、もう失うことを怯えなくていい、と。けれど、こうして僕は馬鹿げた依存をくりかえす。そして、彼女は不思議なことに決して拒まないのだ。

彼女は何も訊かない。いつも、いつまでも、僕のしたいようにさせてくれる。

澪は優しい、胸が苦しくなるほどに。こんな奇妙な甘え方も気持ち悪がらずに受け入れてくれる。他者の事情なんて自分にとって、ただの理不尽でしかないはずなのに。

でも、だからこそ受け入れられることに深い安心を感じる。

明日は休日だ。休日はいつも二人でゆっくりと過ごす。

目覚ましをかけずに好きなだけ眠る。どちらからともなく起き、ゆっくりと抱き合う。

静かで穏やかな、水にたゆたうような時間。

それから、澪が土鍋《どなべ》でご飯を炊いてくれる。つやつやのご飯は休日だけの楽しみだ。丁寧に出汁《だし》をとった味噌《みそ》汁とたくさんのおかずも食卓に並ぶ。毎週作っているので卵焼きはもうプロ並みだ。今日はこれから何をしようか、と言い交わしながら洗濯物をベランダに干す。風にひるがえるシーツと、太陽に照らされた澪の白い足首が好きだ。

だいじょうぶ、こんな夜はすぐにあける。

変わらない日常は続いていく。

澪のあたたかさとやわらかみを感じながら、僕は祈るように自分に言い聞かせる。

ひときわ強い風が吹いて、ガラス戸が鳴った。

僕は乳首からそっと口を離した。

「今日も風が強いね」

僕の頭を撫でる澪の手が止まった。

「強い風は海からくるのよ」

溶けそうに甘い声だった。

「海から？」

「そう」

酔ったような響き。顔を見上げようとすると、「昔ね」と再び手が動きだした。やわらかく慈しむように撫でる。

「海によく似た人を知っていたわ」

「どんな人？」

父親のことかな、と思った。澪は昔の恋人のことを話すことがなかったから。

「わたしのすべてを呑み込もうとした人」

なぜか顔をそらしながら彼女は言った。

声に不吉なものがひそんでいる気がした。僕の揺れを察したのか澪が笑う。

「気にしないで。もういない人だから」

「お父さん？」

そう尋ねると、軽く体をゆらした。どこか虚ろなその顔は海からくる風の音に耳を澄ましているように見えた。

やがて消え入るような声で言った。

「死って最高の縛りよね……」

よく眠ったはずなのに、心なしかすっきりしない休日だった。まだどこかに不吉な夜が残っている気がする。

口をひらきかけただけで、澪が雑誌から顔をあげた。

ページをめくりながらも僕に意識を向けていたようだ。なんとなく気まずくなり、ぎこちなく笑って背もたれに身を沈めなおす。

ソファがしなり、澪の白い膝が踊るようにゆれた。

天気が良い。窓から降りそそぐ日差しが澪の髪の上で輝いている。隣の部屋からは子どもたちのはしゃぐ声がひっきりなしに聞こえてくる。隣の夫婦には幼い男の子と女の子がいるが、今日は三人くらいの男の子の声ばかり響いている。

澪が僕を見つめたまま、顔をすこし傾ける。

「散歩でもいく？　駅の裏手にできた新しいカフェの、季節のフルーツを使ったタルトがおいしいらしいよ」

本当はそんな言葉を用意していたのだが、澪のいたわるような微笑みを見ると引っ込んでしまった。澪は生の果物を使ったケーキが好きだ。澪が朝食を作っている間に好きそうな店をこっそり調べておいた。夜が明けてふんだんな光に包まれると、昨夜の甘えが急に後ろめたくなってきたのだ。

でも、わざとらしすぎるように思えた。つい機嫌を取ろうとしてしまう自分の性根が浅ましく感じられ、僕は澪から目をそらした。

よく考えると、澪は出歩くよりは家でのんびりしている方が好きなタイプだ。それでも、僕が誘えば嬉しそうな表情を浮かべて、急いで着替えてくれるだろう。結局、余計に気を遣わせてしまうことになる。

昔はそれに気がつかなくて、あれこれ女の子が喜びそうなことをしてあげては一人で悦に入っていた。澪は今まで付き合ってきた女の子たちとは少し違う。それに気付いたのは一緒に暮らすようになってからだ。

澪はこの穏やかな生活以外、僕に何も求めない。居心地は良いのだけど、時々、無理をさせているのではないかと思ってしまう。澪が本当は何を求めているのか、僕はわかっていないのではないだろうか。

藤井にはよく「お前はひねくれた見方をしすぎなんだよ」と言われる。まず目の前の相手をそのまま受け入れてやらなきゃどうにもならないだろ、と。それはわかる。けれど、途中までしかうなずけない。僕自身が思惑の全てを相手に見せるタイプではないから、大切な相手なら一層深いところまで読みとってあげたいと思ってしまう。

藤井の言うように、結婚とかを約束して安心させてあげるべきなのだろうか。

澪の方を見ると、また目が合った。「なにか飲む？」とにっこりと笑いかけてくる。

だが、笑顔の奥にはかすかに不安の色がただよっている。僕の口数が少ないせいだろう。

やはり、藤井の言っていたことは当たっていない気がする。

恐らく、澪が最も望まないことは変化だ。そして、結婚すら、その変化に含まれるような気がするのだ。それとも、これは僕自身の望みなのだろうか。

「そうだね、なんかさっぱりしたものが欲しいかな」

そう言うと、すぐ立ちあがろうとしたので、「お隣、騒がしいね」と話をふってみる。

「そうね」

「友達がきているのかな？」

澪はちょっと耳を澄ますふりをすると、「そうみたいね」というように小さく笑った。

澪は子どもに関心がない。隣の奥さんは澪と変わらないくらいの歳で、廊下で会うとよく声をかけてくるが、澪は儀礼的ににっこりするだけで、一般的な女の子のように黄色い声をあげて子どもたちを可愛がったりはしない。上の男の子はやんちゃで、ふざけたり母親に叱られていたりする声がしょっちゅう聞こえてくるが、それを迷惑がることも面白がることもない。わざと耳に入れないようにしている気がする。

「すこし暑くなってきたし、レモンバームとミントのお茶買ったの。それ淹れるね」

澪が立ちあがり、台所の方に向かう。昔はハーブティーの青臭さが苦手だったが、澪が淹れてくれるようになってからはおいしいと思うようになった。

ベランダから入ってきた風が薄いカーテンを膨らまし、澪の読みかけのファッション雑誌をぱらぱらとめくった。光あふれる草原や森の中で白いコットンスカートやパステルカラーのワンピースを着たモデルたちがたたずんでいる。みんな色白で、メイクも自然な感じだ。体の薄さといい、どことなく澪っぽい。ふんわりとした幸せそうな笑顔。

「ねえ、耀、その中でどの服が好き？」

澪がふり返りながら言った。

「うーん、そうだね」と僕はページをめくる。

澪は服を選ぶ時、いつも僕の意見を訊いてくる。基本的にあまり体のラインをだす服装はしない。最初の頃は自分が年上なのを気にしているのかな、と思ったけれど、ゆるくて可愛い感じの服装の方が僕は好みだったし、澪にもよく似合っていたから歳相応の服装は求めていない。

けれど、出会った頃は高価なブランドの財布や鞄やキーケースなどを持っていて、服装もモノトーンでお嬢様っぽい感じだった。男の僕にはわからなかったが、すごく質の良いものを着ていると噂されていた。

でも、僕や藤井と遊びに行くようになってからは、服装はどんどんカジュアルで可愛らしい感じになっていった。どっちの澪も好きだったが、あの頃は僕らに合わせてくれることが嬉しく感じられた。

あれは親戚のお下がりだったの、と後に澪は言った。僕と暮らすようになってからは昔の持ちものは見たことがない。引っ越しの荷物はびっくりするくらい少なかった。処分してしまったのだろうか。

そんなことを思いだしていると、突然、携帯が鳴った。

藤井からだった。昨夜の話が気になっていたので、澪に「ごめん」と断ってでる。

「有紀、そっち行ってないか？」

なにか言う間もなく、携帯から藤井の大声があふれだした。

「え、有紀ちゃん？どうし……」

「じゃあ、澪さんに連絡とかきてないか？」

息せききった藤井の声にさえぎられる。後ろからは車の行き交う騒音が聞こえてくる。

「どうしたんだよ？」

「澪さんに訊いてくれ」

埒《らち》があかないので、携帯を離して顔をあげる。澪は台所の手前でこちらを見ている。

「澪、有紀ちゃんから電話かメールなかった？」

「わからない」と澪は怪訝な表情を浮かべた。

「わたし携帯切っているから」

「え、どうして」

「休みの日だから」

くるりと背を向けられる。小さく「耀といるし」と聞こえた気がした。ちょっと驚いた。澪はふり返らず廊下へ出ていく。寝室に置いてある携帯を確認するつもりだと気付き、浮かしかけた腰を下ろす。自分の携帯をまた耳にあてた。

「今ちょっとわからない。とりあえず、連絡が来たらすぐ教えるから」

「ああ、ありがとうな」

藤井の声はいくぶん落ち着きを取り戻していた。

「有紀ちゃんと喧嘩でもしたのか？」

沈黙が流れる。やがて、絞りだすような声で藤井が言った。

「やっぱり嘘つかれていた」

「え、お前、あれから問い詰めちゃったの？」

「ああ、昨日の帰りも俺より遅かったから気になって、つい。それから大喧嘩になってさ、朝方に飛びだしてったきり帰ってこない。連絡もつかない」

藤井ははっきりした性格だし、有紀ちゃんも気が強い。昔から二人はささいなことで感情的になる。昨夜の藤井は酔っていたから、さぞ激しい口論になったのだろう。

「ウェディングの仕事なんだから土日に休みはないだろ、仕事行ってるよ。そんなに心配なら職場にかけてみたら？」

また藤井が黙る。しばらくして「なんて言うんだよ」と呟いた。かたい声だった。

「同棲中の彼氏ですけどって言うのか？　恥かかせるだけだろ。それに俺、あいつの会社の番号なんて調べなきゃわからない」

それは、僕も同じだ。そういえば、澪が勤めている会社名も知らない。介護系の会社で事務をしているとしか聞いていない。確かに、結婚していないと個人的なことにどこまで踏み込んでいいか判断がしにくい。

「それになんかもう信じられない。会社に電話してみるのとか正直怖い」

「どうしたんだよ、らしくない」

「あいつさあ」と、藤井が妙に明るい声をあげた。

「風俗やってたんだって。ソープ嬢。こないだの男はその時の常連だってさ。お前の言う通りだよなあ、女ってわからないね。そんなことする奴じゃないって思ってたのにさ。ていうか、疑いすらしてなかった。あの男、そりゃあ俺見て笑うよな。自分が金で買っていた女を何も知らずに彼女にしてるんだからな。あいつとどんなことしてたんだか」

乾いた声で笑う。

「藤井」

僕は低い声でゆっくりと言った。

「それ、俺に話していいことなのか？　ちょっと落ち着けよ。お前も明日の日曜、出勤なんだろ。とりあえず、家で待ってろよ。連絡あったらすぐ教えるから」

こういう時は否応《いやおう》なく仕事でもしていた方が楽なんだろうな、と思った。藤井は案外素直に「そうだな。悪かった」と謝った。有紀ちゃんの心配ももちろんあるだろうが、感情的になった自分を誰かにたしなめて欲しかったのかもしれない。

電話を切ると、ついため息がもれた。

有紀ちゃんの元気な笑い顔がよぎる。きっと何か事情があったのだろう。

「嘘か……」

気付いたら呟いていた。はっと顔をあげると、澪が携帯を握りしめたまま立っていた。探るように僕をじっと見つめている。

雲が流れて、部屋がかげった。澪の足元の影がぐんとのびて濃くなった。

それは、ほんの一瞬のことだった。

ふいに澪が違う女性に見えた。黒く長い髪に白い肌をした哀しげな目の女。その姿はすぐにかき消えたが、なぜか懐かしい、と思った。

「耀？」

澪が首を傾げながら笑う。部屋には太陽の光と隣室の子どもたちの声が戻っていた。いつもの澪だった。

「どうしたの？」

「え？」

「電話、藤井くんからなんでしょ。有紀ちゃんとなにかあったの？」

「あ、ああ、そう。藤井から。ええと……」

僕が目をそらすと、澪はテーブルに携帯を置いた。こつん、とかたい音が響く。

「有紀ちゃんからは連絡きてなかったよ。とりあえずお茶淹れるね」と微笑み、台所に向かう。その後ろ姿を見つめながら、さっきの女は誰だろうと考えた。

茶器を取りだす音が遠くでひそやかに鳴る。湯の沸く音が聞こえだして、やっと僕は気付いた。

あれは「イヌガン」の伝説をはじめて聞いた時に僕が想像した女だった。

有紀ちゃんからの連絡は日が暮れてからきた。

——藤井くんと喧嘩しちゃったし、仕事が終わったら澪さんちに行っちゃダメですか？

メールにはそう書かれていたそうだ。澪は返事を打ち込みながら「藤井くんに教えてあげて」と言った。

「わたしも家に帰るように言うから」

「黙ってうちに来させた方がいいんじゃない？　自棄《やけ》になって変なとこに行ったりしないかな」

「大丈夫よ、どこにも行かないわ。有紀ちゃん、別れる気なんてないから」

「そうなの？」

澪は携帯画面からちらっと顔をあげたが、またすぐに手を動かしだした。

「耀と付き合っているわたしをわざわざ選んで連絡してくるってことはそうでしょう。遠まわしに藤井くんに迎えに来て欲しいってアピールしてるのよ。大体、家を飛びだすのだって追って欲しいからだし。本当に離れたかったら、ほとぼりが冷めた頃にこっそり出ていくわよ」

冷静だった。僕も冷静すぎると苦笑いされることがあるが、今は僕をそう言った人たちの気持ちがわかった。同じ事柄に対して自分よりさめた目線の人間がいると、自分が妙に不安定な存在に思えるのだ。

澪は携帯を食卓のテーブルに置くと、台所に行き、冷蔵庫の野菜室から大根を取りだした。手を洗い、包丁でしゅるしゅると皮をむきはじめる。

さっき、有紀ちゃんが風俗店で働いていたことを話した時も案外驚かなかった。てっきり嫌悪感を示すと思っていたので意外だった。逆に僕が動揺してしまい、「もしかして女性の目から見たらそういうことしそうな子に見えていた？」と訊いてしまったくらいだ。澪はいつもの癖でちょっと首を傾けると、「そんなはずはない、と言い切れるほど有紀ちゃんのことを知っていたわけじゃないから」と言った。耀だって傷ついたり、動揺したりするほどの関係ではないでしょう、と言われた気がして体が熱くなった。たった二歳の差とはいえ、澪が急に年上に思えた。今までそんなことを感じたことはなかったのに。

藤井にメールを送ると台所に行き、澪を後ろから抱きしめた。

炊飯器からたちのぼる蒸気で台所の空気は生温かく湿っている。澪の首筋に頭をもたせかけると、彼女の甘い体臭が香った。

「いい匂いがするね」

「ゴボウと鶏の炊き込みご飯だよ」

大根を細い短冊に切りながら澪がやわらかく答える。見当違いな返事がほほえましかった。包丁がまな板を鳴らす規則正しい音。触れていると、澪の落ち着きが浸《し》み込んでくるように思えた。抱きしめる腕に力を込める。

「ねえ、澪はさ、僕のどこが好きなの？」

顔を見ないでこういうことを訊くのはずるいのだろうか。ちらりと思ったが、訊いてしまった。澪は微笑みをにじませた声で言った。

「耀は優しいし、きちんとまともだし。なにより」

「なにより？」

澪の手が止まる。

「わたしはこの生活が好きなの、このおままごとみたいな毎日が」

「おままごと」

なんだろう、それは。穏やかな生活が好きというなら、それは僕とでなくてもいいんじゃないか、という言葉が喉元まででかかった。そんなことを言うのはあまりに女々しい。黙っていると、澪は僕に向きなおり胸に顔を埋めてきた。

「いい意味よ」

くぐもった声で言う。

「耀とじゃなきゃ、こんな生活は無理だと思うの。わたし、こんな風に穏やかに暮らしたり、友達カップルと遊んだりとか、耀にとってはごく普通のことが今までなかったの。だから、藤井くんと有紀ちゃんが仲直りできるといいなって思っているよ」

バイトで出会ったばかりの頃の澪を思いだす。みんなでいても、二人きりでも、働いていても、彼女はいつもにこにこしていた。安い店に連れていっても、デートの段取りが悪くても、嫌な顔も幻滅した顔もしなかった。それは今も同じだ。

「今までの人とはあんまりうまくいかなかったの？」

詳しくは聞きたくなかったけど、そう尋ねていた。彼女は小さくうなずいた。

「奪い合ってばかりだった気がする」

「奪う？」

「うん。もう、そんなのはたくさん。いつもそう後悔するのに、また同じことになるの。いつも、次こそはって思うのに。次こそは」

澪の体がきゅっとかたくなった。

「ちゃんと愛そう。優しくしようって」

「澪は優しいよ」

髪を撫でる。細くてやわらかい髪。

なんとなく、わかる。優しくできていると思うと、安心する。自分はちゃんとできている。誰かに必要とされて、それに応えてあげられている。そう思うと、不安はわずかばかり減る。愛情や優しさがエゴだとしても、僕はそれを愛《いと》おしいと思う。

澪は小さく息を吐くと、僕の体に腕をまわしてしがみついてきた。

「この生活がずっと続けばいいって時々祈ってしまうの。祈ることなんて大嫌いだったんだけど、気付くと祈っている自分がいる。耀といると、わたしはやっと子どもに戻れたみたいな気がするの。でも、耀が子どもみたいに思える時もあって、そうやって代わりばんこに甘え合っているのが、なんだかおままごとみたいで、わたしは好きなの」

「うん」と僕はうなずいて、濡れたまな板を見つめながら澪の髪を撫で続けた。

いつでも微笑んでいる彼女がこんな風にとうとうと不安を吐きだすのは珍しいことだった。でも、受け止めてあげられていると思うと、胸に苦しいようなあたたかいような痺れが走った。

食卓の上で澪の携帯が震えた。ほぼ同時に僕の携帯も鳴りはじめる。きっと有紀ちゃんと藤井からだ。

澪が顔をあげて、僕らは目を合わせて笑った。

明日は二人でどこかに出かけよう、と思った。

――ちゃんと帰ってきたわ、ありがとうな。澪さんによろしく。

そのメールを最後に藤井からの連絡は途絶えた。気にはなったが、尋ねにくかったので僕も連絡はしなかった。澪も藤井たちの話題を持ちだすことはなかった。

そのまま、五日経ち、藤井たちの心配も日常にまぎれはじめた木曜日のお昼時だった。突然、藤井から着信があった。ちょうど休憩時間だったので、各フロアに設置された休憩所に行った。休憩所といっても、うちの部署はみんな外に出るか、自分の机で昼食を摂るのでたいてい誰もいない。

紙コップの薄いカフェオレをすすりながら藤井に電話をかける。外回り中なのか、藤井はすぐにでた。「ちょっと車停めるから待って」と言って切れる。藤井の後ろで、いつものようにかすれたカーラジオの音楽が流れていたので、ちょっと気が楽になった。

かかってきた電話に「仲直りできたみたいだな」とでると、藤井はばつが悪そうに「ああ」と言った。

「こないだはなんか感情的になって悪かったな」

煙草でも咥《くわ》えているのか、かすかに滑舌が悪い。

「まあ、お前は昔からだし、慣れてるよ。それで、落ち着いたの？」

「うん、まあ」

「変わりなし？」

「まったく、というわけじゃないけど。でも、思い返せば、金銭感覚がちょっと変だったりとか、ちょこちょこ気になるとこはあったけど、それを見過ごしてきたのは俺だったしな。ざっくり言うと、カードの返済ができなくなって、てっとり早く稼ごうとしたみたいだ。で、そのうち辞められなくなって、ずるずる続いちゃったらしい。店の奴に騙されたこともあったって言ってた。いろいろ辛《つら》かったみたいで泣きながら話してくれたよ。でも、俺がいる限りもうそんなことさせないし」

ふーと、息だか煙だかを吐く音が混じる。

「そっか、じゃあ」

「ああ」と藤井は言った。

「許すことにした」

いろいろ気になることはあったが、藤井がそう言っている以上、何も言うべきではないと思った。当事者ではないのだから。藤井たちがそう決めたのなら、僕にできることは困った時に話を聞いてやるくらいだ。

「今度おごるわ、本当に悪かった」

「ああ、まあそんなに気にするなよ。とりあえず、お疲れさん」

軽い口調で笑ってみせる。「じゃあ」と切りかけると、「あ」と藤井が声をあげた。

「そういえば、昨日、お前の家の方で澪さん見かけたよ」

「え、どこで」

「緑ケ丘」

藤井が口にした町の名は、聞き覚えはあるが具体的なイメージがわいてこない場所だった。

「お前の住んでいるとこから確か駅三つくらいのとこだろ？」

「そうだと思うけど、海の方だろ。俺はその前で降りるから。海とか、人が多いところには滅多に行かないしな」

澪の会社も僕がJRに乗り換える駅付近にあると聞いていた。僕の方が早く出勤するので一緒に通勤したことはなかったが。

「海辺じゃない。高台の、キリスト教の名門女子校がある辺りだよ。その裏手に昔からの高級住宅地があるんだよ。そこ歩いてた。平日だし、こんなところに会社があるはずもないから人違いかと思ったけど、確かに澪さんだったよ」

「なんで、お前そんなとこいたの？」

「最近は不景気だから、代々続いた家とか土地とか手放す人もいるんだよ。あの辺りは別荘として建てられた家も多いしさ。でっかい物件だと地元の小さい不動産業者じゃ手に負えないし、ちょっと遠いけど俺らの店とかに声がかかるの。澪さんの実家ってあの辺なの？　やっぱ、お嬢なんだな」

「ああ、まあ……」

そんな話は聞いたことがなかった。

「それで、声かけたんだけど気付かなかったみたいだしさ、澪さんにも迷惑かけちゃったから謝っておいて」

「わかった」と言うと、「じゃあ、また」と電話は切れた。

しばらく携帯を握りしめたまま、今までの澪との会話を思い返してみたが、やはりその町との接点は見つからなかった。

その日の帰宅は残業のせいで、いつもより二時間ほど遅くなった。澪はいつものように夕飯を食べずに待っていた。

食べ終わると澪はすぐ席を立ち、熱いほうじ茶を淹れてくれた。飲みながら皿を洗う彼女の後ろ姿を眺めた。

食事中、澪は近所で見かけるブチ猫の話と、新玉葱《たまねぎ》の効能の話しかしなかった。僕はキーボードをやたら激しく打ち鳴らす職場の先輩の話をした。なぜか頭にバンダナを巻いて仕事をする彼は、興が乗ってくると奇異な行動ばかりする。隣の席の僕としては気が散ることこの上ないのだが、澪は彼の話をするときまって声をあげて笑った。いつも通りの食卓だった。

「ああ、そうだ」と僕は今思いだしたというようにわざとらしく声をあげた。

「藤井から電話がきたよ」

澪はちらっとふり返って「そう」と微笑んだ。それ以上何も言わない。

「なんかまとまったみたいだよ」

喜ぶかと思ったのに、澪は背中を向けたまま「どんな風に？」と言った。

「藤井が許すことにしたんだって」

一瞬、皿が擦れ合う音が止まった。すぐに手は動きだしたが、澪は黙ったままだ。沈黙が居心地悪くて、ついまた口をひらいてしまう。

「風俗のバイトはカード返済で困ってはじめちゃったらしいよ。有紀ちゃん、ちょっと思いきり良すぎるとこあるもんね。情にほだされやすいとこもあるから、辞められなくなったみたい。でも、藤井と暮らしてからはそんなことしてないみたいだし、もう大丈夫だと思うよ」

最後の皿を洗いかごに立てかけると、澪は手を拭きながらつぶやいた。

「でも、藤井くんは忘れないわよね」

「何を？」

「自分が許してあげたってことを」

澪が布巾《ふきん》を手に持ってやってきた。テーブルを拭くのは僕の仕事だ。慌てて代わろうとしたが、首をふられた。

「藤井くんは今、酔っているだけよ」

「何に？」

「自分が彼女を救ってあげたんだって」

澪はぎゅっぎゅっと力を込めてテーブルを拭いている。そんなことないだろう、と言おうとしたが、昼間の藤井の言葉が蘇った。

——俺がいる限りもうそんなことさせない。

あの時の口調はそう言われてみれば演技じみた感じがしなくもなかった。元々、自信過剰なところがあるから深くは捉えなかったが。

「だいたい有紀ちゃんのしていたことってそんなに悪いことなのかな。本人が決めて自分の責任でやっていたことじゃない。それに、藤井くんと出会う前のことだったんでしょう？　藤井くんには関係ないじゃない」

驚いた。澪の考え方にというよりは「関係ない」という単語の冷たさに。

「え、でも、嘘をついていたのはいけないことだろ。それに風俗なんて恋人からしたらショックだよ」

「ショックなのはわかるけど、嘘をつくのは絶対にいけないこと？　全部話さなきゃいけないの？　話したら話したで咎められるような過去を、わざわざ？」

返す言葉が浮かばない。澪は「もう、きっと駄目よ」と背を向けた。台所へ戻り、水を勢いよく流しながら布巾を洗う。

「許すだなんて、なんだか傲慢《ごうまん》だわ。悪いことだって決めつけてる。許している方は気持ちがいいかもしれないけど、許される方はたまったもんじゃないわ。仮に罪だったとしても、その人がいる限り、忘れられないのよ。ずっと許されたことを意識しながら過ごすのよ。一度でも罪を犯した人間はずっと許しを請いながら生きなきゃいけないの？　しかも、まったく関係のない人にまで？」

「藤井はそんなつもりで言ったんじゃないよ。この先も一緒にいる覚悟だっていう意味なんだと思うよ」

「そんなの、きっと無理」

「どうして」

「だって、もう知ってしまったんだから。有紀ちゃんが知られたくなかったことを。一緒にいる覚悟って、藤井くんは記憶喪失にでもなってあげるの？　もうそれしかないのよ。捨てたい過去を知っている人がいる限り、罪はそこにありありと存在し続けるのよ。藤井くんが勝手に決めたって、有紀ちゃんはいつか息苦しくなって逃げだすわ。きっと、この先もわかり合うことなんてできない」

澪らしからぬきっぱりした物言いだった。藤井なりにいろいろ考えた結果、頑張ろうと思って決めたことなのに、そんな風に言われるなんてなんだか藤井が不憫《ふびん》になってきた。でも、妙に饒舌《じょうぜつ》な澪が少し怖くて言い返せなかった。

じっとほうじ茶の入ったマグカップを見つめた。

なんでこんなにこじれてしまったのだろう。もう、藤井が知らない町で澪を見かけたことを訊ける雰囲気ではない。

必死に考えてみたが、どうして澪が否定的なことを言いだしたのかがちっともわからなかった。藤井と有紀ちゃんが仲直りできればいい、と言っていたはずなのに。きっと、僕の言葉か二人の話の何かが、澪の敏感な部分に触れてしまったのだ。でも、それが何なのかがどうしてもわからない。もしかしたら澪も有紀ちゃんと同じような過去があるのだろうか。そんなことをふっと思った時だった。

「ねえ」という声がした。顔をあげると、澪がテーブルに両手をついていた。

「じゃあ、もし、あなたならどうしたの？」

彼女が僕を見つめていた。黒い瞳だった。毎日見ているはずなのに、はじめて見たような気がした。底の見えない井戸のように深くのっぺりとした黒だった。

すぐに答えられなかった。自分ならどうしたかがわからなかったからではない。澪にとっての正解をだそうとしたからだ。結局、澪の目からそれを読み取ることはできなかった。

黙っていると、ふっと澪の瞳がゆらいだ。「ごめんなさい」とうつむく。テーブルから手を離し、一歩後ろへ下がる。その顔を見ると、自然に言葉がこぼれおちた。

「わかり合うことはできないのかな」

昔から自分もそう思っていたはずなのに、澪にあんな風に言われると突き離されたように感じてしまった。

「なんかさみしいよな、それって」

こらえきれなくて憐れみを誘うようなことを口にしてしまう。けれど、澪はうつむいたままつぶやいた。

「人は誰といたって、ずっとずっとさみしいの」

人じゃない。澪がだ。澪がさみしいのだ、僕とこうして毎日一緒にいるというのに。

僕が黙っていると、澪は「歯、磨いてくる」とそっと居間を出ていった。

澪に「耀」ではなく「あなた」と言われたのははじめてだった。

朝のホームに立つ。深夜に雨が降ったのか、地面も駅のまわりの草木も濡れていた。空は青く、日差しは透明だった。今日は暑くなるのかもしれない。朝の光であたたまりはじめたホームはもうむわりとした湿気に満ちていた。

澪の湿った吐息と、暗闇の中の白い体を思いだす。

昨夜、僕がベッドに入ると、澪はすぐに体をすりよせてきた。枕と頬が濡れていた。小さな唇は熱く、ほのかにしょっぱかった。

予想はしていた。付き合いだした頃からの癖だったから。彼女は僕と少しでももめると体を使って仲直りしようとする。まるで、心では埋まらない溝をなんとか埋めようとするかのように。

そんな時の澪はいつもとは違ってひどく積極的だった。ひたすら僕に奉仕して、まるで自分はこのことのためだけに存在しているのだとでもいうように、自分から腰を動かした。

最初は嫌だった。そういうことでごまかされるのは男として安易に扱われている気がした。なのに、そういう時の澪には抗いがたい魅力があって、つい応じてしまう自分が情けなくもあった。

けれど、澪自身はそんなに気持ち良さそうではなかった。むしろ、必死に見えた。

それに気付くと、苛立ちは哀しみに変わった。

澪が無理やりに体をこすりつけてくると、僕は彼女のなかに入ったままぎゅっと抱きしめる。そのまま動かさずに、背中や髪を撫でながら長い時間じっと繋がっている。

そうすると、澪の体がだんだんと落ち着いてくるのがわかった。

お互いの温度を感じながら昂奮と安堵のはざまをゆるゆると流されていく。時々、そのまま寝てしまうこともあった。

そんな夜を過ごすと、次の朝はきまって寝坊をした。起きると、澪が背中にしがみついていた。まるで、何かにむしり取られることを恐れるように。

でも、僕だってあんな風に澪の体にしがみつく時がある。だから、なかなか離せなかった。

電車はなかなか来ない。このままでいくと今日は遅刻だ。

向かいのホームを眺める。セーラー服の少女が一人立っている。きちんと束ねられたつややかな黒髪につるりとした膝。藤井が言っていたキリスト教の名門女子校の制服だ。歴史があって授業料が高いことで有名なお嬢様学校。

僕は澪の出身校も知らない。知っているのは触れられる体だけ。そして、毎日の暮らし。それだけで充分のはずだ。

それなのに、昨夜ののっぺりとした黒い瞳が忘れられなかった。

僕の知らない澪がいた。

僕は携帯を取りだしていた。会社にかける。

いつも一番に来ている事務の子に、頭痛がするから半休をもらいたい、と告げる。「伝えておきます」と、拍子抜けするくらいあっさりとした答えが返ってきた。

電話を切るとポケットに突っ込み、僕は向かいのホームに続く階段へと歩きだした。

何をしているんだ。そう思うのに足が止まらない。

向かいのホームに立っただけで、見慣れた駅がまったく違う駅に見えて現実感が薄くなる。見計らったかのように電車がやってきて、僕はふらりと乗り込んだ。狭い車内は同じ制服の女生徒でいっぱいだった。半袖の子もいれば、まだ長袖の子もいる。学年によってスカーフの色が違うのか、同じ色の子同士でかたまって喋っている。

若いな、と思った。自分もまだ若いつもりでいたけれど、もう彼女たちとはほど遠い。制服だと顔の判別がつかない。

三駅はすぐだった。女生徒の一団と共に電車を降りる。駅は長い坂の途中にあった。下の方に白く泡立つ海が見えた。女生徒たちは弾むような足取りで坂を上っていく。

僕は駅前の古い喫茶店に入った。モーニングセットを頼み、窓から駅を眺める。

電車が停まる度に女生徒が吐きだされ、やがて、ある時間を境にそれもぴたりと収まった。後は老人や観光客らしき人がぽつぽつと出てくるだけになった。

二杯目のコーヒーはとうに空になり、席を立とうとした時、見覚えのある華奢な人影がひっそりと改札にあらわれた。

小さな籠バッグを脇に抱え、この間の休日に買ったばかりのミントグリーンのエコバッグを提げている。

間違いない。澪だった。

彼女ははるかに見える海をちらりとも見ようとせず、ゆっくりと坂を上に向かった。

お金をカウンターに置くと、店を出て、追った。

澪は途中で大きな道を折れ、住宅街に入っていった。

最初はこぢんまりとした民家が建ち並ぶ住宅街だったが、上っていくうちにどんどん植物が増えて、門構えも立派になっていった。逆に静けさは増していった。僕は息を殺してついていった。

心臓がどくんどくんと音をたてていたが、澪は一度もふり返らなかった。見事な紫陽花が咲き誇る垣根にも、息を呑むような老松が枝を張る門にも目もくれなかった。膨らんだエコバッグを時々おっくうそうに持ちかえて、通い慣れた道のように坦々と進んだ。

道は細く、入り組んでいて、脇には用水路が流れていた。時々、木の電信柱もあった。相当古い住宅街なのだろう。

澪がまた曲がった。追いかけて曲がると、足の下で砂利が鳴った。慌てて引き返す。

しばらくしてからそっと路地を覗くと、彼女の姿は消えていた。砂利を敷き詰めた道の先には古い石段があり、樹木の隙間から赤い鳥居が見えた。

神社にお参りに行ったのだろうか。いや、祈ることは苦手だと言っていたはずだ。まさか、気付かれたのだろうか。見つかった時の言い訳を考えながら、そろそろと道に入ると、苔生した石垣の隙間に人がやっと一人通れるくらいの細い道があった。

少し迷って、その道を選んだ。道の両脇の日本庭園も平屋の屋敷もしんとしている。鯉でもいるのか、庭でばしゃりと水の跳ねる音が響いた。

細道を出ると、また狭い車道に戻った。

ふと、圧迫感を覚えて左手を見上げると、ぬうっとした緑の大きな物体が視界をさえぎっていた。四角い建物だった。辺りの日本家屋からは明らかに浮いている。何かの施設だろうか。なぜか引き寄せられた。

建物のまわりは塀よりも高い深緑の木で囲まれていた。濃いピンクの花が満開で、地面を紅《あか》く染めるかのように散っている。建物自体はひと昔前に流行《はや》ったようなコンクリート打ちっぱなしの住宅だった。緑色だと思ったのは植物のせいだった。建物は青々とした蔦の葉でびっしりと覆われていた。澪の布バッグに絡みついていた蔦を思いだす。

生い茂る蔦は表札の文字も隠してしまっていた。近付くと建物の陰にすっぽりと入った。薄暗い。植物の密度が濃すぎて異様な印象を受ける。

ざり、と背後で足音がした。ぎょっとしてふり返る。

痩せた猫背の男が分厚い眼鏡の奥から僕を見つめていた。皺だらけのくたびれた肌。白髪交じりの頭髪からは地肌がのぞいている。

男は近付いてくると、かさついた薄い唇をにやりとゆがめた。

「あなたもですか？」

「え？」

「駅からずっと彼女をつけてましたよね」

指先がすうっと冷たくなった。「さあ」と目をそらす。男の横をすり抜けようとした。

「彼女、真壁小波でしょう？」

「え？」

男と目が合った。そんな名前は聞いたことがなかった。男のシャツは黄ばんでくしゃくしゃだった。おかしな男が澪を誰かと勘違いしている。

「違いますよ、彼女の名は鈴木澪です」

男はぽかんとした顔で「すずき……みお……」とくりかえした。目がゆっくりとゆがみ、喉の奥からくくっという音がもれた。

「本当に？　ちゃんと確認したことありますか？」

おかしくてたまらないというように笑う。

「鈴木？　澪？　その女たちはずいぶん昔に消えましたよ」

「女たち？　消えた？」

男は坂の下を指さした。

「一人はあの海で死にました。そして、もう一人は行方知らずです、もう何十年もね」

男はなおも笑い続ける。黄ばんだ汚い歯が見え隠れする。

「知らないのなら教えてあげますよ。彼女に関わるとみんなそうなるんです、男も女も。死んだり、消えたり、不幸に遭ったり、私の同僚もそうでした……」

「あの」と僕はさえぎった。

「人違いをしていると思いますよ」

「まさか、彼女は真壁小波です。真壁教授の娘のね」

にたにたしているが、はっきりした口調だった。

「彼女の両親は亡くなってますよ。人違いです」

負けじと言い返すと、男はヒステリックな声をあげた。

「ははっ、やっぱりそうなんですね。教授はもう生きてないのですか。そうですよね、でなければ彼女を自由にさせるわけがない。あなた、彼が不定期に雑誌に掲載している美術批評、読みました？　あんなのは偽物です。教授はあんなこと書かない。あれは教授の言葉ではない。ずっと研究してきた私には明白です。やはりそうだった。彼女は誰かの生き血を吸わなきゃ生きられないのですよ。関わる人間全てから人生を奪う。実の父親からも。母親の血のせいですかね」

何を言っているのかわけがわからない。この男、頭がおかしいのだろうか。薄気味が悪い。

「鈴木澪だって!?　彼女は正真正銘、真壁小波ですよ。顔を変えて、あんななりをしていたってわかります。あの目の色、あのにおい。あの女はこれっぽっちも変わってなんかいません」

男は一人でどんどん喋る。眼鏡がずり下がる。僕が後ずさると、男は血走った目で僕を見た。

「君、君もね、離れた方がいいですよ。あの女はあなたの人生にすべり込み、蝕《むしば》んでいきますよ。まるで寄生虫みたいに……」

「おい」

低い声がした。猫背の男がびくりと身を縮める。僕の後ろを見て、小さな目を裂けんばかりに見ひらいた。唇がわななく。

「あ……あんた、はぎわ……」

「人を勝手に殺すなよ」

さえぎるようにまた声が響いた。凄みのこもった、鈍器のような声音だった。

ふり返ると、黒い男がいた。

袖をまくしあげた白いシャツにジーンズをはいて、肌も青白いのに、なぜか直感的に黒い、と思った。彼が黒く重い影をひきずっていたからかもしれない。

その男の後ろに隠れるようにして澪が立っていた。

血の気を失った顔は心がぽっかり抜け落ちてしまった人形みたいだった。

静かだった。

あれだけ好き勝手に喋っていた猫背の男は怯えた目をして、突然あらわれたもう一人の男を凝視していた。澪も黙ったままだ。辺りは息苦しい静寂に包まれていた。日がさして足元の影が濃くなった。この辺は住宅地のはずなのに生活音というものがまったく聞こえてこない。人通りもない。古い家々に生い茂る植物たちの呼気だけがたち込めている。

何気なく首筋に手をやると、じっとりと湿っていた。シャツの中もべたべたする。身じろぎすると、澪と一緒にあらわれた男が僕を見た。途端に背筋が冷たくなった。男の目は闇のように黒かった。かたそうな黒い髪の毛は雑に切られていて、服もよれて、ジーンズの裾はすりきれている。精悍《せいかん》な顔立ちと体格をしていたが、あちこちに肉のたるみがうっすらとつき、肌や筋肉が劣化しはじめているのが見てとれた。それだけならば、警戒はしない。けれど、男は妙にけだるい濁った空気をまとっていて、重低音のような圧迫感を放っていた。

男は僕を見つめたまま、一歩、足をふみだした。

ひどく無防備な状態で、暗く凶暴なものにさらされた気分だった。ぞくっと鳥肌がたち、かすかに膝が震えだす。後ずさりすると、じり、と足の下で砂利が鳴った。蔦に覆われた建物の影にすっぽりと埋まる。背後に濃い植物の気配を感じた。

「耀」

澄んだ小さな声が響いた。

それが澪の声だと気付くのに数秒かかった。それくらい僕は男の絡みついてくるような雰囲気に呑まれていた。

「どうしてここにいるの？」

男の威圧感がゆらいだ。ゆっくりと首を傾けて澪をふり返る。澪はちらりとも男を見ない。感情をそぎ落としたような目は、男の姿を透かして僕の方に向けられていた。

「駅で見かけたから……」

からからの口でそう言ったものの、言葉が続けられなかった。澪は明らかにショックを受けている。どうして黙ってつけてきたの？　なんでこの時間にまだ駅にいたの？　どううまく嘘をついたって、逃れられない事実があった。そう、僕は君を疑った。

「ごめん」

それしか言えなかった。澪の目が震えて、なだらかにひろがっていく。澪が僕を見つめているのか、僕の後ろの蔦の家を見ているのか、よくわからなくなる。そばに行きたかったが、僕らの間には僕の知らない男がいた。

男がかすかに唇をゆがめて、笑った。「なあ、どうすんだ」と澪に低くささやく。

男が澪に顔を寄せた瞬間、どくん、と心臓が跳ねた。じっとしていられなくて、澪の名を叫ぼうとしたが、僕の声は甲高い笑い声にさえぎられた。

「そうか、そういうことか。あんたがなりすましてきたわけか！」

猫背が笑っていた。笑いながら目をむいて男を指さす。

「おまけに私はあんたに嵌《は》められたのか！　あんたに！　そうか、まんまと食わされましたよ！　十年！　あれから十年、身に覚えのない罪をきせられて私がどんな想いで生きてきたか。全部、この女とあんたのせいだったわけか！」

男は黙っていた。猫背は唾《つば》をまき散らしながら叫び続けた。澪のことも口汚く罵る。澪が怯えたように肩を縮めると、猫背の罵倒《ばとう》はますます勢いを増した。意味がわからない上に早口で、耳にきんきん響いた。泣いているのか、怒っているのか、笑っているのか、猫背の感情の噴出はとめどなく、狂騒の態《てい》を極めた。僕は人がこれだけ感情をむきだしにしているのをはじめて見た。

猫背の叫びはしばらく続いたが、一瞬、わずかに勢いが落ちた。見計らったかのように素早く腕が伸びた。

男だった。ためらいもなく猫背を突き飛ばすと、「このストーカーが」と低く叫んだ。獰猛な獣が唸るような声だった。

「あんたの言うことなんて誰も信じねえよ」

男は仁王立ちになって言った。猫背は地面に尻もちをついたまま、何が起きたのかわからないといった顔で男を見上げた。その目に怯えの色がにじんでいく。ピンで固定された虫の標本みたいに見えた。逃れようとしてもたもたと足を動かすが立ちあがれない。

男は猫背を見下ろしながら「なあ、それくらいはわかるよな」と低い声で笑い、「さ、いこうか、ヨシザワ先生」と猫背の腕を摑んだ。どこか愉しんでいるようにも見えた。

痩せた喉から、か細い悲鳴がもれた。猫背はそのまま引きずられていく。

「ちょっと！」と澪が大きな声をあげた。猫背は聞いたことのない尖った響きがこもっていた。

「心配すんな。少し話をするだけだ」

男は背中で答えると、猫背を引き起こした。無理やり肩を抱くようにして大股で歩いていく。

猫背はふり返って澪を見た。あれだけ罵ったくせに、まばゆいものでも見るように目を細める。男の手をふり払い、澪に近付こうとして前のめりに転ぶ。すぐに男に首を押さえつけられたが、猫背は澪を見つめ続けた。

「もし、本当に教授がもういないのなら……」

地面に片頰をつけたまま呟く。

「あんたは……あの人の最後の作品なんだ」

澪の体がびくりと痙攣した。猫背は男に引き起こされながら、ばらばらの歯でにいっと大きく笑った。

二人が苔生した石垣の裏に消えてしまうと、辺りはまた静かになった。澪は男たちが消えていった方角に体を向けたままうつむいている。

「遅刻しかかって会社に電話をいれたらさ、午前休にしろって言われたから駅のまわりで時間をつぶしてたんだ。そしたら、澪を見かけて……」

沈黙に耐えきれず、いまさら言い訳がましいことを言ってしまう。澪は無表情のままでうなずいた。その手にミントグリーンのエコバッグがないことに気がついた。籠バッグもない。エコバッグの大きな膨らみを思いだす。中は食材だったのだろうか、どこに運んだのだろう。まさか、さっきの男のところに出入りしているのか。

「耀に黙っていたけど」

突然、澪が口をひらいた。最悪の状況を想定して、身構える。

「わたし、少し前に仕事を辞めたの」

こちらを見ずに話す。

「え、そうだったの？」

「それで、今は一人暮らしのお年寄りのお手伝いさんみたいなバイトしているの、ここで。他の人の家で掃除洗濯とかするの、耀は嫌がるかな、と思ったら言えなくて。ごめんなさい」

「あ、いや」と慌てて手をふる。意外ではあったが、澪はヘルパーの資格も持っているらしいし、そう言われれば納得できなくもなかった。話してくれなかったショックよりも安堵が勝って、思わず顔がほころんだ。澪がやっとこっちを向いた。

「ここら辺、すごいお屋敷ばっかりで安全そうだし、嫌じゃないよ。ちょっと驚いたけれど」

でも、さっきの男たちは誰なのだろう。猫背は明らかにおかしかったし、凄みのある男はとても雇い主には見えなかった。この辺りに住んでいる人とは思えない。

「ごめんなさい」と澪がまた言うのと、僕の「あの人たちは？」と言うのがかぶった。

澪はかすかにびくりとして、それから首をふった。「あの叫んでいたおかしな人は知らない」ときっぱりと言う。

「最近、つきまとわれているの。気持ち悪い。でも、それも心配かけると思って言えなくて」

「もう一人は？」

「もう一人は……」

澪は僕の言葉をくりかえしながら、目をさまよわせた。僕の後ろを見つめていた。ふり返ったが、相変わらず蔦にびっしりと覆われた家がしんと重く佇んでいるだけだった。

澪は家から目をそらすと、そっと口をひらいた。

「あのひとはわたしの……」

足元でかたい音が鳴った。親指の先ほどの小石が僕らの横を跳ねながら転がっていく。小石が転がってきた方へ顔を向けると、さっきの男が石垣にもたれていた。

男はおっくうそうに体を起こし、ジーンズのポケットに手を突っ込んだまま、ゆっくりと近付いてくる。獰猛な肉食動物を思わせる動きだった。

さっと澪が男と僕の間に入った。澪の頭ごしに男が片頰だけで笑うのが見えた。

男は一メートルほど離れたところで立ち止まると、煙草を取りだして咥えた。さっきまで肘の辺りで丸められていたシャツの袖が片腕だけ戻って、だらりと垂れていた。

突然、澪が息を吞んだ。男の腕に飛びつく。

「これ……まさか、さっきの人を……！」

シャツの袖にちらりと赤いものが見えた。澪がそれを握りしめる。男は澪の顔を覗き込んで、煙草を口の端でぶらぶらさせながらくぐもった声で言った。

「一人も二人も同じだろ」

澪の顔がみるみる蒼白《そうはく》になっていくのがわかった。男は澪の顔をじっと見つめていたが、ふっと表情をやわらげ、澪の手首を摑んで乱暴に自分の袖から外させた。

「冗談だよ。よく見ろ、絵の具だ」

喉の奥で低く笑い、もう一方の袖も戻す。ところどころに赤や青の染みがついて汚れている。

澪が素早い動きで男の手をふり払う。男を睨みつけたまま僕のそばにやってくると、

「耀、お願い。先に帰って」と声を震わせた。

「ちゃんと、後でちゃんと話すから。お願い」

澪が僕の手を握る。冷たい手だった。唇も青紫色のままだ。

「わかった」と握り返す。

「とりあえず会社に行ってくるよ。いつもくらいに帰る」

澪が何度もうなずく。心配だったが、本能のようなものがここには居ない方がいい、

と告げていた。男は薄笑いを浮かべていたけれど、まだ重く鈍い敵意を放っていた。それは澪にではなく、明らかに僕に向けられていた。

男に軽く会釈をすると、背を向けて歩きだす。もと来た道をたどらずに坂を下っていく。二人の声があるかないかの微風にのって切れ切れに聞こえる。

ほんとうはなにをしたの。

なにもしてないさ、どうしたんだよ。

はぐらかさないで。

おれがなにをしたってすべては、さなみ、おまえのためだよ。

足が止まる。耳を澄ましたが、もう何も聞こえてこなかった。けれど、確かに聞こえた。男は澪のことを「さなみ」と呼んだ。ヨシザワとかいう猫背の男が金切り声で口にしていた名と同じだった。

坂の途中の紫陽花の茂みに隠れてそっとふり返る。

二人が向き合っているのが見えた。男は澪の頭ひとつ分は大きい。二人の距離は近かった。けれど、その近さには互いの一挙一動を見逃すまいとする濃い気配があった。恋愛関係にある男女が持つ甘い濃密さとは違う、もっと粘着質で攻撃的で抜き差しならない空気。あれは一体なんなのだろう。

ひどく息苦しくて――。

「頼んでない！」

突然、ひき裂くような鋭い声が響いた。

「わたしはなにも頼んでない！　頼んでない！」

干からびかけた紫の花の向こうで、澪が地面に崩れ落ちるのが見えた。思わず、顔を背けた。

聞いてはいけない。見てはいけない。

足を速めて坂を下った。わざと道の端に寄って、枝や茂みに体をぶつけるようにして歩いた。緑の濃厚な匂いと、葉のさざめきで、胸のうちを濁らす背後の音と気配を流してしまいたかった。

澪が怖かった。僕の知らない何かが、声に、まとう空気に、そして、まなざしにひそんでいた。

僕はそこから逃げたかった。

白い光に満ちあふれたオフィスはまるで別世界だった。

なんだか目がくらんで、僕は席に着くなりモニターを眺めたまま動けなくなった。

まだ昼休みだったので、室内はがらんとしている。エアコンが心地好《よ》い風を送り、空気清浄機がひっそりと空気を吸い込んでは吐きだしている。わずかに乾燥しているが、清潔で無機質な空間。さっきまでいた緑の住宅街とはまるで違う。むせかえるような湿度を思いだすと、白昼夢を見ていた気分になった。

澪の白い肌に落ちた木々の濃い影を思いだす。そして、あの男。

ストーカーっぽい猫背の男も不気味だったが、あの男は比べものにならないくらい危険な匂いがした。出会ったことのないタイプだ。こうして、彼らの手の届かない場所に身を落ち着けてからやっと、さっき起きたことについて考えることができた。

澪が僕に何も言わずに仕事を変えていたことも、ストーカーまがいの男につきまとわれていることを隠していたこともショックだった。澪は気を遣いすぎるところがあるから、心配をかけたくなかったというのは本当なのだろう。でも、そんなに頼りないと思われているのだろうか、というネガティブな考えもなかなか拭えなかった。

あの男はストーカーを追い払うために雇った興信所かの人だろうか。いや、ストーカー男とも顔見知りそうだったから違うだろう。確か十年とか言っていた。男と澪にも長い密な付き合いがあるように見えた。素知らぬ顔をしながらも、お互いの表情や仕草に気を張りめぐらしているのが見て取れた。澪は僕には見せたことのない感情をさらけだしてもいた。

寂しく感じたのは否めない。けれど、嫉妬はなかった。

最初、二人が一緒にいるところを見た時は、確かに心臓がきゅっとなった。だが、浮気の疑念はすぐに違和感に消された。澪と男の関係性がどうしても見えてこなかったからだ。歳も離れていそうだったし、ああいう男は友人としても恋人としても澪のまわりにはいないタイプだ。

二人はまったく違う世界の人間に見えた。並んでいても、まったくそぐわなかった。まるで、光と影だった。

男が澪に近付いた時、危険を伝える信号が電流のように体を走り抜けた。蛇や蜂が澪の髪に触れたかのような恐怖がわいた。けれど、澪に怯えはなかった。親しげですらあった。違う世界に属しながら、平然と近くにいる様子が妙で、激しく混乱してしまった。

正直、あれを親しいと言っていいのかもわからない。親しい、という言葉には陽の響きが強い。彼らは互いをよく知っていそうだったが、負の部分も多く含んだ仲に見えた。疎ましいが、目をそらすこともできない。そんな矛盾した想いを感じた。僕は今までそういう清濁併せ呑むような感情で人と結びついたことはない。想像もつかない。わけがわからなくて、とりあえずあの場から離れることしかできなかった。

今はもやもやとした感情が四肢をぐったりと重くさせている。寂しさと疎外感が入り混じった感情だった。僕はきっと、他人と深い部分を共有したことがない。なんだかそれがひどく薄っぺらく虚《むな》しいことのように思えた。

澪は僕に表面的なものしか見せていないのだろうか。今までもたくさん嘘をつかれてきたのかもしれない。そうだとしたら、何も気付かず、滑稽なものだ。

ため息をつくと、その分だけ体のこわばりが解けた気がした。もう一度、大きく息を吐いて立ちあがる。熱いコーヒーでも飲んで気分を切り替えよう。

廊下で事務の女の子二人とすれ違った。外にランチに行っていたのか、二人共似たような鞄を肩にかけている。よく見ると、同じブランドのものだった。同じフロアで働く同じ年頃の女の子ってだんだん持ち物や服装が似てくるよな、と思いながら見ていると目が合ってしまった。

「あ、高橋《たかはし》さん、もう大丈夫なんですか？」

背が高い方の子が立ち止まる。朝の電話をとってくれた子だと気付く。

「ああ、うん。ありがとう」

仮病をつかった時に無闇に自発的な事情説明をすると疑いをまねきやすい。余計なことは言わず、訊かれたことに簡単な返事をしておくのが一番いい。

「ちょっと顔色悪いですよー」ともう一人のややふっくらした子が言うと、背の高い子がうんうんとうなずく。二人からはほんのり歯磨き粉の香りがした。

「もう本当に大丈夫、照明のせいじゃないかな」

笑顔でそう言って立ち去るつもりだったのに、ふっと足が止まった。

「ねえ、嘘ついたことある？」

二人はきょとんとして、それから同時に「いきなりなんですかー」と笑った。どうしてそんなに過剰反応するのかわからなかったが、曖昧に笑いながら返事を待った。

「彼氏とかにですか？」と、背の高い子が顔を斜めにしてちょっと意地悪そうに笑う。

「いや、まあ、いろいろ」

「だったら、あるに決まってるじゃないですか」

「ねえ」とふっくらした子に同意を求める。

「彼氏とかにも？」

「そりゃあ、ありますよ。嘘とまではいかなくても言わないことはあります。そんなの当たり前だよねー」

「うんうん、当たり前。相手のための嘘だってあるし」

「そっか、まあ、そうだよね」

うなずいて話を切りあげようとすると、背の高い子が「彼女さんと何かあったんですか？」と興味津々といった顔で尋ねてきた。

「いや、特に深い意味はないんだ。ごめんね、ありがとう」

二人は「あやしいー」と声を揃えていたが、僕が「じゃあ」と休憩室の方に向かうと、すぐに芸能人の話題に変わった。ふり返って、「ねー」を連発しながら喋る二人の後ろ姿を眺める。

なんとなく納得できた気がした。まわりと服装や持ち物を合わせるのは安心したいからなのかもしれない。保護色のようなものだ、浮いてしまわないように外見を馴染ませるのだ。そして、表向きの対応さえも相手に似せる。澪が服装を僕の趣味に合わせようとするのもそういう理由からだとしたら、僕は気付かないうちに澪を不安にさせてきたのかもしれない。

休憩室のコーヒーメーカーに小銭を入れる。いつもはカフェオレにするのだが、ブラックにした。苦いものを体内に入れたい気分だった。

白い紙コップの中の黒々とした液体を見つめる。

彼女たちの言う通りだ。嘘をつくのなんて当たり前のことだ。

僕は澪の何を神聖化していたのだろう。そんなのは単なる押しつけだった。

人は誰だって嘘をつく。問題はそこではなくて、その嘘の意図だ。自分の何を、何のために隠したいかということだ。

コーヒーを飲み干すと、席に戻った。重要そうなメールから順にあけていくが、文面が頭に入ってこない。

僕との生活が好きだと澪は言った。ごく普通の穏やかな暮らしがずっと続けばいい、と微笑んでいた。あれは嘘ではない。それはわかる。だから彼女は何か問題に巻き込まれたとしても、今の生活を守るために隠そうとするだろう。

ちょっとした意見の食い違いがあっただけでも、必死にしがみついてくる澪を思いだす。澪が僕に嫌われることを恐れているのは痛いくらいに知っていたくせに、彼女を疑ったあげく、真実から目をそらして、落ち込むことに逃げた自分が不甲斐《ふがい》なく思われた。あそこに彼女を残していくべきじゃなかった。せめて、安心させる言葉のひとつでもかけるべきだった。

口の中に残ったコーヒーの苦みが強さを増した気がした。引きだしを開けて、ミントのタブレットを口に放り込む。

その時、すっと首筋に寒気が走った。何かがひっかかる。

有紀ちゃんが藤井ともめて家を飛びだした時、澪は、有紀ちゃんは別れる気なんてない、追って欲しいから飛びだしたのだと言っていた。

あの後、藤井たちの喧嘩はとりあえず解決したが、昨夜、澪と僕はそのことで少し険悪になった。本当はあの時、僕は思った。追って欲しくて飛びだすのと同様に、許すと言って欲しかったから有紀ちゃんは藤井に過去を話したのではないかと。澪は過去を許すと言った藤井を傲慢だと責めたが、それは有紀ちゃんの望みだった気がした。

疑いをもたれたきっかけは偶然だったとはいえ、一人で抱えてきたものを共有するかたちの絆の深め方だってあるだろう。昨夜の澪は珍しく感情的になっていて、とても口にはできなかったけど。澪はそういう絆の深め方を求めないのだと知ったし、それを知った以上、藤井たちのやり方を押しつける気はなかった。

そう、澪は有紀ちゃんとは違う。他の女の子たちとも違う。

知られたくないのだ。過去に何かがあったとしても許されたくないのだ。僕を含めた誰にも。

あの時、澪は何て言っただろう。本当に離れたかったら、ほとぼりが冷めた頃にこっそり出ていくわよ。確か、そう言っていた。

じわ、と汗が噴きだした。まさか、黙って出ていくつもりでは。

空っぽになった部屋が脳裏に浮かぶ。澪の行き先なんて見当もつかない。澪の実家も職場も育った場所も何ひとつ知らない。失ってしまう。

苦い吐き気が込みあげてきた。心なしか胃もしくしくする。そういえば、昼食を摂るのを忘れていた。けれど、空腹は感じない。ただ、吐き気がする。

メールに返事を書き、アシスタントに今日の分の指示をだし、電話での打ち合わせを一件済ますと、立ちあがった。窓際にある部長の机に向かう。

「すみません、やっぱり体調が悪いので帰らせてください」

部長は眠そうな目を数回しばたたかせて、眼鏡の奥から僕をじっと見つめた。

「ああ、そうした方がよさそうだね」

コピー機の前で喋っていた事務の子たちがちらりとふり返った。

海へと向かう古い電車は空《す》いていた。午後の日差しは車内をかすませて、人々を浅い眠りに誘っている。けだるい時間が沈澱《ちんでん》していた。

電車に合わせて揺れる影が刻一刻と長くなっていく気がして、僕は焦りを募らせた。日差しはあと少し傾けば西日の様相を呈しそうだった。

早く家に戻らなくては。日が暮れては遅い。なぜだか、そんな気がした。

会社を出てすぐに何度か澪に電話をしてみたが繋がらなかった。ポケットの中で静まりかえったままの携帯は、僕をいっそう落ち着かなくさせた。

駅につくと誰よりも早く無人改札を抜け、石段を駆け下りた。タクシーを探したが、ここら辺は滅多に走っていない。いつも澪が僕を待っている裸電球の下には、虫の死骸が無数に転がっていた。それらを踏み潰して走った。

玄関に入ると、大きな風が抜けた。居間へと続くドアが開けっ放しになっている。床に落ちた光がちらちらと揺れていた。

ごくりと唾を飲み込んで、そっと靴を脱いだ。

息をひそめながら居間に入ると、ベランダに続くガラス戸が全開になっていた。一瞬、頭のしんが凍って何も考えられなくなる。けれど、ひるがえった水玉レースのカーテンの中に人影が透けて見えて、安堵の息がもれる。

澪は洗濯物の山に埋もれるようにして床に座り込んでいた。乾いた洗濯物を取り込んだまま動けなくなってしまったようだ。寝ているのかな、と思ったが、ぼうっとした目をして外を眺めていた。ベランダには何もない。

「澪」と呼びかけると、不思議そうな顔でカーテン越しに僕を見上げた。

「耀、どうして、いるの」

夢でも見ているような目だった。子どもみたいな舌足らずな声音。本物だよ、と言いたくてそばにしゃがみ込む。

手を伸ばしかけて、彼女の指が何かを摘《つま》んでいるのに気付く。薄く、小さな、翅《はね》だった。スカートから蟻のようなものが脚をばたつかせながら転がり落ちる。床の上では翅をもがれた虫が何匹ももがいていた。

風が吹いて、澪の指先からもいだばかりの翅をさらっていく。

「翅が」

僕が呟くと、澪はふっと顔を傾けて空を見上げた。人形のような顔にかすかな寒けを覚えた。

「どうして」と問うが、口の中が乾いて声がうまくだせない。

「え？」

澪はうつろな目のまま首をかしげる。

「どうして、そんなことするの」

「また飛ばれると邪魔だから」

うつむきながらそう言うと、澪は唇をすぼめて虫たちをベランダに吹き飛ばした。他愛《たあい》もなく転がっていく虫たちを眺めながら、片頰をかすかにひきつらせて笑う。ぞくっとした。あの男の目にそっくりだった。猫背の男を突き飛ばして見下ろす目に。ゴミを扱うようなためらいのない動き。

僕が黙っていると、澪ははっと顔をあげた。目に焦点が戻っていた。

「ごめんなさい」

何に対する謝罪なのだろうと思った。翅をちぎられた虫たちにではないことはわかる。

「なんで謝るの？」

「耀を嫌な気持ちにさせたから。わたし、今朝も……」

うつむいてしまった。また風が吹いてカーテンが大きく膨らむ。僕はカーテンの中に入って澪の顔を覗き込んだ。

「それは僕も一緒だよ。本当は、藤井から澪をあの町で見かけたって聞いて、あとをつけたんだ。そんなことをしないで澪に訊けばよかったことなのに」

澪は黙ったままだ。

「ごめん。今日のことはなかったことにしよう。もう訊かないから」

澪が勢いよく顔をあげた。僕の目を探るように見つめる。

「どうして?」

「好きだから、ちゃんと澪を信じようと思って。澪が話したくなった時に話してくれればいいから」

僕を見つめる目がみるみる険しくなった。出会った頃に、信じるという行為は相手にとって重荷な時もある、と澪が言っていたことは覚えている。けれど、あえて言った。

「今の澪を信じたいから」

澪が今のまま変化を止めたいと願っているのならば重荷ではないはずだ。もう一度言うと、意図が通じたのか、澪の目に宿った険しさは静かにひいていった。

「怒ってないの?」

また子どもみたいな頼りなさで言う。

「怒ってなんてないよ」

澪はしばらく黙っていたが、小さな声で言った。

「あなたの〝好き〟はどんな〝好き〟なの？」

「え」

あなた、という言葉にひそむよそよそしさにひるんでしまう。けれど、返事は求められていないようだった。澪は淡々とした声で喋った。

「世の中には持っているものを全て与えようとする〝好き〟もあれば、何もかも分け合おうとする〝好き〟もある。〝好き〟だから殴る人も、〝好き〟だから決して触れない人もいる。〝好き〟だったら何をしてもいい、どんな禁忌も犯していい、その想いがあればどんな行為も許されると疑いもなく信じている人もいるわ。〝好き〟というのは、そういう恐ろしい感情だとわたしは思っている。あなたはきっとそんなことを考えずに生きてきた人だと思う。そのまともさに惹かれる気持ちもやっぱり〝好き〟なの」

うつむく。「わたしの〝好き〟も」と、太股の上で手をぎゅっと握りしめる。

「きれいなものじゃないかもしれない。耀といると時々そう感じる。でも、耀からは奪いたくない。奪い合いたくない。耀が好きなの。大切なの。わたし、きっと耀しか好きじゃないの。マカロンも果物のケーキも可愛い雑貨や食器もぺたんこの靴も本当はどうだっていい。耀に似合うものが好きなの。幸せのイメージに近付いていく気がして。近付いたら変われる気がするの。何もかもを捨てられる気がするの」

なんと言っていいかわからなかった。澪の声は静かだったが、暗い激しさがこもっていた。

「今までのわたしは受け入れていくだけだった。全てを捧げ合うことが〝好き〟だと思っていた。他に知らなかったから。わたしは耀と暮らしてはじめて知ったの。誰かを好きになるということは祈ることでもあるんだって。でも、祈りなんて弱いわ。叶《かな》う気がしない、叶ったこともない。怖いの、毎日がとても怖い」

震える声に胸が苦しくなって抱きしめた。澪の言っていることを理解できたわけではないけれど、そうするしかないと思った。

澪は僕の腕の中でしばらく深い呼吸をくりかえしていたが、やがてぽつりと言った。

「あのひとはね、兄なの」

「お兄さん？」

驚いて、澪の顔をまじまじと見つめてしまった。

まるで似ていない。でも、二人の間に流れていた濃い空気を思うと納得がいった。あの疎ましさが入り混じった感情は血を分けたもののそれだったのか。

「両親が死んでから別々に育てられたの。歳も離れていたし。だから名字も違うのよ」

澪は息を吸い込んで、ゆっくりと吐いた。

「離れた時はほっとしたわ。わたし、あのひとが怖かったから」

「どうして？」

自分からは訊かないと言ったはずなのに、引きこまれるように訊いてしまった。

「犬を殺したの。家で飼っていた犬を。わたしを襲っていると勘違いして」

「どうやって？」

「突き落としたの、階段から。頭が潰れて、血がいっぱいでた。でも、まだ息はあって、わたしを見ていた」

声が震えていた。

「あっちへ行ってろ、と言われて逃げたわ。しばらくしたら鈍い音が何度か聞こえたの。あのひと、きっと殴り殺したのよ。ぐしゃっていう音がしたわ」

「澪」と言うと、きつくしがみついてきた。

「あのひとといると血のにおいがするの。どんなに体を洗っても血のにおいが絡みついてくるの。兄は言うの、お前のためだったって。そう言われると、自分が望んだんじゃないかって思ってしまう。心のどこかで、まとわりついてくる犬が邪魔だったのかもしれない。兄はわたしの代わりに何だってしてくれる。なんでも、なんでも……。だから、もう忘れたいの、あのひとが呼んでいた名前も捨てたいの。だから……」

澪の顔を両手で挟んで持ちあげる。長い睫毛が濡れていた。まるで赤ん坊のように。くずれそうな彼女の顔をおしつぶす。やわらかな頬がひしゃげ、くしゃくしゃになって涙がこぼれる。つぶれるなら僕の手でつぶしてしまいたい、と思った。

僕は今まで自分を非常に温厚な人間だと思っていた。それなのに、澪といると時々凶暴な気分になった。大切にしたいのに、その半面、自分の手で傷つけたい衝動に駆られる。自分だけのものにしたくなる。もちろん傷つけたりはしないけど、そう思ってしまった後には必ず甘く痺れるような罪悪感に襲われた。そんな感情ははじめて抱いた。

無理やりに話させてしまったことを後悔した。

「澪、大丈夫だから」

「ごめんなさい」

澪はその単語を何度もくりかえす。謝らなくていい、と言いかけて謝罪の意味にやっと気がついた。澪はこんな自分でごめんね、と言っているのだ。そんなこと思わなくていいのに。後ろめたさを抱える必要なんてない。でも、そんな言葉で拭えるものではないことはわかっていたから何も言えなかった。澪が不安になるくらい僕に優しかった理由がやっとわかった。

涙で手がぬるぬるする。すっかりゆがんでしまった顔に唇を寄せて言った。

「僕は記憶喪失になるよ」

澪がかすかに笑う。泣き笑いの顔に愛おしさが込みあげて、もう一度、くちづけた。

それから、僕らは寝室に行って、朝まで抱き合った。

澪を抱きながらイヌガンの女のことを考えていた。

女がどうして死んだのかを。

犬が次々と男たちを喰い殺していくのを、彼女はどんな想いで見つめていたのか。なぜ止めなかったのか。なぜ逃げもせず、暗い洞窟で犬と暮らし続けたのだろう。

そして、漁師の男が彼女を求めた時、彼女はどんな気持ちでそれを受け入れたのだろう。犬がもういないことは知っている。彼女は救われた、と思ったのだろうか。男との生活は本当に幸福なものだったのだろうか。時々は犬を思いだしたのだろうか。

疑問はとめどなく浮かんだ。けれど、母が語った物語をどんなに詳細に思い返してみても、明らかな答えは何ひとつ見つからなかった。

確かなのは、犬の骸《むくろ》を掘りあてた時、彼女は犬の死という逃れようのない事実を、夫となった男によってはっきりと突きつけられたということだ。共に暮らした犬の死を目の当たりにした時、彼女は何を思っただろう。彼女は泣いただろうか。男を憎んだだろうか。それとも、犬が犯した過去の殺人を思いだしただろうか。

結局、彼女は男に復讐することも、元の生活に戻ることもしなかった。

彼女は血と暴力に満ちた暗い過去と共に死ぬことを選んだ。

彼女の生涯で自ら選んだものは死だけだったのだ。

そのことに気付くと、急に恐ろしくなった。なんて哀しい魂だろうと思った。澪にしがみつくと、同じくらいの強さできつく抱き返してくれた。

お互いの輪郭を確かめるように時間をかけて触れ合い、疲れ果てるまで繋がった。

もう動けなくなっても離れられなくて、ずっと裸のまま抱き合っていた。夜が更けても澪はなかなか眠ろうとしなかった。僕の腕の中でのろのろと喋った。

小さい頃にね、おおきな穴があいたの。その穴はけっして埋まることはないと思った。だから、深いところで心を止めたの。

だって、違うもので塗りかためたとしても痕《あと》が残るし、違うもので満たされることもきっとない。うがたれた穴は消えない。穴のことを知っている人がこの世から消えても、わたしがいる限り穴は残る。だったら、穴は穴のままでおいておこうと思った。

でも、時々なかったことにしたくなるの。無理だってわかっていても。

わたし、完全な人形になりたかった。だから、もののように奪い合う人を選んできてしまったのかもしれない。

耀はちがう。耀とこうしていると安心するの。これは正しいかたちだから。深い深いところまであたたかいものが届いて、穴があく前の自分に戻ったような気がする。わたしは子どもの心で耀とセックスするの。

澪は目をとじたまま微笑んだ。甘いけれど、寂しげな声だった。

澪の過去に何があったかは知らない。けれど、子どもの頃に何かがあって、澪が大きく損なわれたことはわかった。それは両親の死と関係があるのかもしれないし、あの兄のせいなのかもしれない。でも、訊きはしない。

傷を完全にわかってあげることなんてできない。僕は穴があるのなら、穴があるということを知っているだけでいいと思う。その穴のかたちを見つめるつもりはないよ。だから、安心していいんだ。

そんなようなことをなんとか伝えようとした。

うまく伝えられたかどうかはわからないけれど、「ありがとう」と澪は小さな声で言って、糸がほどけるように眠りに落ちた。

眠る横顔は幼く見えた。


週末まで、僕は遅れた分を取り戻すために忙しく働いた。

一度、会社のパソコンで猫背の男が言っていた「真壁教授」について調べてみた。有名美大の教授に真壁秋霖という男がいたが、見たことのない顔をしていた。澪にも似ていない。

ただ、探っていくと彼が若かりし頃に描いた「澪」という作品に行きあたり、思わずぎくりとした。彼の恋人を描いた絵だった。やはりそれも澪には似ていなかった。危うげな色気を放つ寂しそうな女性はイヌガンの女を彷彿とさせた。

土曜日の朝、僕はいつもの時間に家を出た。澪には仕事が残っているから半日だけ出勤すると言った。マンションを出てふり返ると、ベランダで布団を干す澪が手をふっていた。いつもの笑顔だった。

手をふり返し、布団を叩く音を背中に感じながら駅へと歩いた。

駅につくと、反対側のホームに渡り海へと向かう電車に乗った。

駅前の坂を上って、あとは記憶を頼りに進んだ。緑あふれる住宅街は相変わらずひと気がなかった。古びた神社を過ぎ、石垣の細い道を抜けると、蔦に覆われた四角い家があらわれた。垣根の濃いピンクの花がますます増えていた。蜜蜂《みつばち》の唸りが耳をかすめて、また静かになった。

道の端で、巣から落ちたのか、赤むくれの雛鳥《ひなどり》が死んでいた。足の親指ほどの大きさだった。首を奇妙に傾けたその姿は自分の死をわかってないように見えた。

そこらの石垣にまだストーカーじみた猫背の男が潜んでいるような気がして落ち着かなく、うろうろと歩きまわった。三十分ほどその辺りをさまよってみたが、猫が一匹と高級外車が二台通っただけだった。

太陽にあたためられた地面から陽炎《かげろう》がゆらりとたちのぼる。日差しはもう夏だ。首筋がひりついて、うっすら汗ばんでくる。ズボンの裾と革靴は草の露で濡れてしまった。

もうすぐ一時間が経とうとしていた。

それでも、諦めるつもりはなかった。必ず会える気がした。

鞄からミネラルウォーターのペットボトルを取りだして飲む。まだかすかな冷たさを残していて、ほっと息がもれた。蓋を閉めていると、背後で砂利が鳴った。

確信を込めてふりむくと、はたして男はいた。黒い影を足元にまとわせながら立っていた。

目が合う。男は地面に散らばる紅い花を踏み潰《つぶ》しながら、まっすぐ僕に近付いてきた。

「あんたがうろうろしてんのが見えた」

男は前と同じシャツのままだった。襟のまわりは黄ばみ、絵の具の汚れは袖口だけでなく胸や裾にも広がっていた。

「俺に用があるんだろ」

やはり唸るように男は言った。けれど、前より威圧的ではない。

「はい」と答えると、男は煙草を取りだした。吸ってもいいか、というように顎を傾ける。許可を求められたことに驚いて、「どうぞ」と言う声がうわずってしまう。男は黒い目で僕を見つめながら火を点けた。「こないだは」と煙を吐く。

「いよいよ来たのか、と思った」

「何がです?」

「あんたがさなみを奪っていく奴かと」

「奪うとか……僕にそんな権利はないですよ。彼女が決めることです」

僕がしどろもどろになりながら言うと、男は改めて僕の顔を眺めまわした。

「あんた、まともなんだな」

ぼそりとつぶやく。「でもな」と男は遠くを見るように目を細めた。

「あいつが何かを自分で決めたことなんてない」

「そうでもないと思います」

男が僕を見つめたまま煙草から口を離した。道の脇の用水路に放る。男の体にぞっとするような気魄がこもるのがわかった。冷たい汗がこめかみを伝った。けれど、目をそらさなかった。

しばしの沈黙の後、ふっと空気がゆるみ、「そうか」と男は新しい煙草をだした。気付かれないように息を吐く。垣根から紅い花が散った。花びらがやわらかく地面でほどける。垣根を見上げて、思わず「すごい花ですね」と呟いていた。

男は「夾竹桃だ」とぶっきらぼうに応えた。「毒があるらしい」

花になど興味はなさそうだったので少し驚いた。

男は日陰へと身を移して、石垣にもたれた。僕も移動する。

「あんた、何しにきた？　昔のことを訊きにきたのか」

「いいえ」

「じゃあ、何の用だ。あいつに俺のことを訊いたのか」

「はい」

「あいつ、なんて」

「離れて育った兄だと言っていました。それだけしか聞いていません」

男の喉からくくっとかすれた笑い声がもれた。

「本当だと思うか？」

「本当は僕と住むまでは彼女はこの町にいたんじゃないですか、あなたと一緒に。そして、今も時々戻ってきている」

男はゆっくりと視線をそらした。別々に育っていたらわざわざ離れようなんて思わないはずだ。

「離れようとはしていたよ、俺もあいつも何度も出て行った。けどな」

男は煙を吐いた。

「あいつはここから離れられないんだ」

「家族の思い出があるからですか？」

「そうだな」と薄く笑う。

「彼女から離れてください」

男がこちらを見た。

「彼女は捨てたいみたいなんです。もうここには来ないと言っていました。はっきり言いますね、彼女はあなたにもう会いたくないみたいです。あなたは過去にいる人で、彼女はもう過去を葬りたいそうです」

一息に言った。不覚にも声が震えたが、言ってしまうと、もう後戻りできないという妙な諦観《ていかん》が僕を満たした。殴られるかな、と思ったが、どうとでもなれという気分になった。

「もう二度と会わないでください。約束してください。どうしても彼女のことを知りたかったら僕に連絡をして欲しいんです」

名刺をさしだす。裏には携帯のアドレスと番号をかいておいた。男はぼんやりとした目で名刺を見つめた。半びらきの口から煙がゆっくりと流れていく。

「あんたが俺と関わることもあいつは望まないよ」

「わかっています。僕がこうしてあなたに会っていることを知ったら、彼女は僕の許《もと》から去るでしょう。僕は彼女に嘘をつくためにここに来たんです」

「嘘を？　なんでだ」

「理解できないのなら、せめて同じ後ろめたさを抱えるためです」

きっと同じではない。それはわかっている。でも、考えつく方法はこれしかなかった。全てを知ろうとするのではなく、嘘をつき合うことでこの関係を守ろうと思った。知られたくない、失いたくないと常に意識することで澪と同じくらい優しくなれる気がした。

「じゃあさ」と男が言った。

「言うことときく代わりに金くれよ」

乱暴な物言いに一瞬躊躇したが、「わかりました」と答えた。貯金なら少しはある。

男は突然、体を折り曲げて笑いだした。

「冗談だよ。あんた、馬鹿だな」

しばらく経って男は言った。名刺を乱暴に奪いとり、胸ポケットに突っ込む。

「でも、わかるよ。俺も馬鹿だったから、昔、馬鹿なことをしたことがあった。男なんて無様なもんだ。抱くと、勘違いするんだよ。資格がある気になる」

「何の資格ですか？」

「いろいろだよ」

吐き捨てるように言うと、煙草をまた放った。石の上にいたトカゲが銀色の脇腹をひるがえして草むらに消えた。

「救えると思っていたし、救うためなら何をしてもいいと思っていた。俺しかいないと思った。でも、違った。人は人を救えない。馬鹿なことをしでかして、やっと気付いたんだよ、誰かがどれだけ何かを捧げたって、人は救われることなんかないって。気付いたら、どっと疲れた」

がっくりと首を曲げ、「もう疲れたんだよ」と低い声でくりかえす。男の青白い横顔が急に老け込んだように見えた。肌には生気がなく、目はぽっかりと落ちくぼんでいる。目をそらしながら言った。

「それでも、僕は、人は人によってしか救われないと思います」

くっと小さな笑い声がした。耳が熱くなる。

「お前は俺とは違う。今まであいつのまわりにいた奴らとも違う」

男は笑うのを止めて、坦々と言った。

「そう願うよ」

また煙草に火を点けた。僕は黙ったまま、その仕草を眺めた。袖の絵の具汚れに目がいく。

「絵を描いているんですか？」

「ああ」と男はうなずく。

しばらく返事がなかった。白い煙がゆらめきながら流れてくる。やがて、ぽつりと

「何の？」

「女だよ」と答えた。

「血まみれの顔のない女だ」

僕はしばらくその言葉を胸のうちで転がした。

「なにを考えている？」

今度は男が尋ねてきた。

「小さい頃に聞いた昔話のことを考えていました。僕はそれにでてくる凶暴な黒い犬が恐ろしかった。でも、今は自らの死以外選ぶことのなかった空っぽの女が怖い。何が彼女を空っぽにしたのか、それとも、もともと空っぽだったのか」

けれど、最後に女は心というものを得たのかもしれない。血が染み込んだ土の上で、白く干涸《ひから》びた骨を抱きながら。

漁師の男の愚かさも胸に残っていた。彼は慣れに甘んじて何もかも共有できると思ったのだろう。

人はわかり合えない。全てを知ることはできない。それでいい。毎日、そこからはじめればいい。日々、相手の鼓動に耳を澄まして、繋いだ手を握りなおすのだ。たとえどんな真実が突きつけられても、それを踏まえて歩き続けるしかない。

男は犬という言葉に何の反応も示さなかった。小さく「空っぽ、か」と呟いただけだ

った。それから、「あんたは、案外、まともじゃないのかもしれないな」と太陽に目を細めた。

「もう行け」

男はのろのろと石垣から身を起こした。土と苔がぱらぱらと散った。大儀そうに足を一歩踏みだす。

「あの」

「なんだ」

「さなみってどういう字を書くのですか」

男はズボンの後ろポケットから黒いチョークのようなものをだすと、しゃがんでアスファルトに「小波」と書いた。立ちあがると、しばらくじっと見つめてから、足で擦って消した。

そして、黙って僕に背を向けた。


日常が変わりなく過ぎていった。

猫背の男はもうあらわれなかった。

澪は仕事を辞めたと言い、新しい職を探しはじめた。お盆休みは二人でゆっくりと過ごした。藤井たちとは一度食事をした。夏が終わるまでにどちらかの家で花火をしようと約束して別れた。

海にも行った。行きたい、と言ったのは澪だったが、彼女は海に入らず、少し離れたところから波をじっと見つめていた。

それは蒸し暑い晩のことだった。夕方のラジオでは台風が近付いていると告げていた。吹きつける重い風に、懐かしい南の島の匂いがひそんでいる気がした。

澪は夕食を済ませても、寝間着にも着替えずソファでじっとうずくまっていた。予感はあった。木々のざわめきが知らせていた。

「耀」と、澪が口をひらいた。

「お願いがあるの」

澪に言われたものを用意すると、僕らはぬるい風の吹き荒れる中、大通りまで歩いてタクシーをひろった。タクシーは山を越え、暗い林の中を進んだ。

宝物を埋めたの、と澪は言った。小さい頃に家族と住んでいた家の庭に埋めたのだと。

「引き取られる前の本当の家族のことよ」

澪は窓を見つめながら言った。外はべったりとした暗闇だった。

「確かめたいの」と澪は僕を見た。闇と同じ色の目をしていた。

「埋めた日のことは何度も何度も夢に見るの。あんまりにたくさん見るから、だんだんわからなくなって。だから、本当に埋めたのか確かめたいの。まだ、あるのか」

ゆっくりと言うと、静かに、「進んでいくために」とつけたした。

閑静な住宅街の中でタクシーは止まった。蔦に覆われた四角い家が黒くこんもりと建っていた。夜よりも暗いその影を見て、過去を捨てたかったのにどうしてこの町のそばから離れなかったの、と尋ねかけ、言葉を呑み込んだ。愚問だった。

「離れられなかったのよ」

澪は僕の心を見透かしたように微笑んだ。

「あの人もわたしも」

風が澪の髪をなぶっている。

「秋になったらね、ここの蔦が赤く染まるの。そうなると、兄がおかしくなったわ」

「おかしく？」

「そう。昔、知っていた人と同じ顔で同じことを言うようになるの。いくな、いくな、はなれるな、はなれるなって。わたしも家が赤で覆われると逃げられなくなる気がしたの。だから、その前にもうここから離れるの。たった一人でも」

「僕がいるよ」

そう言うと、澪は暗闇で笑った。

「ずっと？　何があっても？」

「うん」とうなずくと、「じゃあ、ついてきて」と澪は歩きだした。

裏口の錆びた鍵をペンチで壊して、庭に入る。家の中は暗闇に沈んでいる。庭は荒れ果てていた。茂みをかきわけながら懐中電灯の明かりで進んでいく。尖った葉が首や腕を容赦なく傷つけてくる。

澪が突然しゃがんだ。土に埋もれかけた石碑のようなものが懐中電灯の明かりに浮かぶ。澪は軍手をはめると、紅い花の散らばる地面にスコップを突き刺した。僕もラケットケースに隠したシャベルを取りだして手伝った。

土はやわらかく、昼間の熱を残していた。

穴が深くなると、澪は中に入った。バケツに土を入れて僕に手渡してくる。会話はなかった。僕らは黙って掘り続けた。

辺り一面に湿った土の匂いがただよっていた。その血のような匂いは嵐を呼ぶような気がした。

穴はさらに深くなっていく。どこまで掘るのだろう、そう思った時、気付いた。幼い頃、彼女は一人で埋めたわけではないことに。きっと、あの男、いや兄と一緒に穴を掘ったのだ。家族の秘密を埋めるために。

手を止めると、澪が僕を呼んだ。「耀を連れてきたのは」と乱れた息の合い間につぶやく。

「共犯者にしたかったからなの」

意味を問うべきか迷った。声には強いものがひそんでいた。けれど、僕は「家宅侵入の？」とごまかして笑った。澪も低い声で笑った。

そうして、また黙って掘りはじめた。

どれくらい掘っただろう。そばにはテントのような土の山ができ、体は汗と泥にまみれていた。途中、かすかに煙草の匂いがした気がした。澪が兄と呼ぶあの黒い男の姿がふっと浮かんだ。

澪には伝えず、土を積みあげた。もし澪に何かあったら、あの男は絶対にやってくる気がした。

ふいに澪のスコップの音が止まった。カツンとかたいものにぶつかる音が響く。明かりを向けると澪が穴の底でうずくまっていた。彼女の手元で何か白いものがひっそりと光っていた。骨のようにも、闇夜に覗く月のようにも見えた。ひどく冷たい白さだった。

「見つかったの？」

声が穴の底に吸い込まれていく。

やがて、か細い返事が聞こえてきたが、風にまかれてうまく聞きとれなかった。土山が墓標のようだ。不安になり、「澪」と呼んでみる。

「すこしそこで待っていてくれる？」

今度ははっきり聞こえた。声は湿っていた。疲労がにじまないように気をつけながら僕はゆっくりと言った。

「待っているよ」

「すこし、疲れたの」

「うん」

「このまま眠ってしまうかもしれない」

「起きるまで待っているよ」

澪が自分で出てくるまで、ずっと。

「ありがとう」

空を見上げた。なにも見えない。ただただ黒い闇の中で風がうずまいている。唸りが聞こえた。

どこに潜んでいてもおかしくない、と思った。

風が唸るたび、夾竹桃の葉が揺れるたび、黒い犬の気配が濃くなっていく気がした。闇にまぎれて、鋭い牙をむく巨大な犬が僕らをじっと見つめている。そんな想像をしながら、僕はぽっかりあいた穴のそばに立ち続けた。

穴の中は静かだ。

――あの女はこれっぽっちも変わってなんかいません。

いつかの猫背の男がそう言っていたのを思いだす。彼は呪いながらも、それを願っているように見えた。錯覚だろうか。

猫背の男の顔を思いだそうとしたが、うまくいかなかった。名前も思いだせない。それどころか、藤井や有紀ちゃん、会社の同僚の顔も浮かばない。誰も彼もが、ずいぶん遠く、記憶のかなたにかすんでいた。

ここが何からも遠いからなのか。

足をふみしめる。猫背の男が言った通りだとしても、どんな嵐がやってこようとも、僕はここを動くわけにはいかない。たとえ、この世の誰から見捨てられたとしても。

「待っているよ」

もう一度、僕は小さく呟いた。

解説

島本理生

思えば千早茜さんという作家は突然、現れて、瞬く間にもっとも注目される女性作家の一人になっていた。

デビュー作の『魚神』を読んだときに驚いたのは、その上手《うま》さである。同時にこの作者は新人賞を受賞して世に出てくる前から、プロとしての自覚を獲得していたのだと実感した。

幻想的な世界や美しくも逞《たくま》しい女性性を書くのに長《た》けた筆力と、毒や色気をまとった華やかさを併せ持っている。

かといって技巧に走るわけではなく、そこにはつねに痛々しいほどの生身が寄り添っている。むしろ千早茜さんの小説の土台を支えるものは、テクニックよりも感覚的な鋭さだと私は思う。その部分がきっちり洗練された末に、小説として世に送り出されているという印象を受けた。

だからこそ、千早茜さんは根っからのプロである、と感じる一方で、拝読していると、その底に潜むものが気にかかるのだ。

それはもしかしたら書き手自身にとっても無意識の領域なのかもしれない、と感じるときがある。

『眠りの庭』は、「アカイツタ」と「イヌガン」の二つの物語が蔦《つた》のように絡み合いながら最後はつながることで、一つの真実をあぶり出す物語だが、その内容を解くのはたやすくない。

そもそもこの物語を説明するときに、私はヒロインを誰ととらえるべきなのかさえ迷う。小波《さなみ》には違いないのだが、小波にはつねに澪《みお》や鈴木理枝《すずきりえ》の気配が付きまとい、とうとう「イヌガン」では自らその名を名乗ることになる。

萩原《はぎわら》もまた父親の影を負いながら、後半では、彼自身が父親や真壁《まかべ》教授の影そのものになってしまったように映る。登場人物たちはすでにいない者たちの影を負いすぎて、何重写しにもなり、それぞれに強い印象を与えながらも、本来の輪郭を奪われている。

「アカイツタ」の中で、対峙《たいじ》した萩原に、真壁教授はこう告げる。

「結局、させられるのさ」

「彼女はまんまと望みのものを手に入れた」

と。あたかもサロメや小波がそうさせたかのように。

しかし次の場面ではこうも言う。

「サロメは自分で手を下したりはしないよ。あれもね、自分では何もできない生まれつきの人形だ」

一見すれば矛盾に満ちた台詞《せりふ》は、大きな真実でもある。愛に似て非なるものとは、矛盾に満ちた論理でいつだって小波のような女たちに絡みついては自由を奪うものだから。生まれつきの人形なら、意志など存在しない。けれど支配欲に満ちた人間は、そこに自分の願望という絵を描こうとする。自分にとって都合の良いものしか見ようとしない、それは愛なき世界の本質だ。

意図的に人形にされた側は、空っぽの内側にトレースされた絵を見て、あたかも自らの欲望のように錯覚する。そんな存在を、世間では魔性の女と呼ぶのだろう。

だけど人間はけっして本当の人形にはなれない。小波がそう望んでも、なれなかったように。そして痛みや絶望感だけが生々しく残る。

そんな沈黙を、堕《お》ちていく直前の萩原が破ろうとする。

彼が口にした
「時々、お前がすごく綺麗《きれい》に見えるんだよ」

という一言には、理屈抜きで胸を突かれる。

そう、どれだけ猥雑《わいざつ》さに塗《まみ》れても――むしろ塗れるほどに――世界は時々、切ないくらいに綺麗なのだ。だからこそ人は期待し求める。

しかし小波はきっと本能的に悟っている。「同じ罪」を背負う者同士ではけっして救いあえないことを。

だからこそ、彼女が初めて自ら意志を持って「共犯者にしたかったからなの」と告げる相手は、「理解し合えなくても一緒にいる」ことにひそやかな灯を見出《みいだ》す耀《よう》だった。この選択は、言葉を尽くさなくとも、同性としては痛いほど理解できる。象徴的な寓話《ぐうわ》「イヌガン」は、あえて明確な解釈を持たせせない。それは読者にゆだねられている。ただ、人の心にはけっして安易に侵してはならない神聖な領域がたしかにあるのだと思う。

それを無理に暴くことも、本来は理不尽に外から押しつけられただけの「罪」を許すことも、どちらも傲慢《ごうまん》である。同時に大部分の人はおそらくはどこかで、暴かれたい、許されたいとも願っているものだと思う。

だけど小波はそれすらも拒絶する。「奪い合ってばかりだった気がする」と小波は言うが、私にはやはり、彼女は一方的に奪われ続けてきたという気がしてならない。深く沈んだ真実を掘り起こすことができるのは、自らの手しかない。だけど同時にそれは一人きりではけっしてできない作業でもある。

仄暗《ほのぐら》い穴の底から月を仰ぎ見ているような終わりは、希望と呼ぶには危うすぎるかもしれないけれど、絶望を終わらせるための小さな灯がたしかに胸に残った。

千早茜さんの描くヒロインには本来、真逆のものが同居している。強さと揺らぎ、抑制と野性、絶望と生命力——それが譲り合うことなく、孤独に立ち竦《すく》んでいるから、この作者の小説の色彩は強いのだと思う。

けれど近作の『男ともだち』では、持ち味だった耽美《たんび》さや幻想風景を手放す代わりに、同年代の女性のリアリティを見事に描き出している。

安定した巧みさで読者を楽しませながらも、時折それをふいに突き破る、本能的な声をもっと聞きたいと個人的には思う。

そして現実とフィクションを自在に行き来できる筆力がいっそう成熟した先には、いったいどんな闇と光を秘めているのだろう、と夢想する。本を閉じた後も、色彩に搦《から》めとられながら。

本書は二〇一三年十一月に小社より刊行された単行本を加筆修正して文庫化したものです。

眠《ねむ》りの庭《にわ》

千《ち》早《はや》茜《あかね》

平成28年 6月25日　初版発行
令和5年 1月25日　6版発行

発行者●山下直久

発行●株式会社KADOKAWA
〒102-8177　東京都千代田区富士見2-13-3
電話　0570-002-301(ナビダイヤル)

角川文庫 19815

印刷所●株式会社KADOKAWA
製本所●株式会社KADOKAWA

表紙画●和田三造

ISBN978-4-04-104361-5　C0193

角川文庫発刊に際して

角川源義

第二次世界大戦の敗北は、軍事力の敗北であった以上に、私たちの若い文化力の敗退であった。私たちの文化が戦争に対して如何に無力であり、単なるあだ花に過ぎなかったかを、私たちは身を以て体験し痛感した。西洋近代文化の摂取にとって、明治以後八十年の歳月は決して短かすぎたとは言えない。にもかかわらず、近代文化の伝統を確立し、自由な批判と柔軟な良識に富む文化層として自らを形成することに私たちは失敗して来た。そしてこれは、各層への文化の普及滲透を任務とする出版人の責任でもあった。

一九四五年以来、私たちは再び振出しに戻り、第一歩から踏み出すことを余儀なくされた。これは大きな不幸ではあるが、反面、これまでの混沌・未熟・歪曲の中にあった我が国の文化に秩序と確たる基礎を齎らすためには絶好の機会でもある。角川書店は、このような祖国の文化的危機にあたり、微力をも顧みず再建の礎石たるべき抱負と決意とをもって出発したが、ここに創立以来の念願を果すべく角川文庫を発刊する。これまで刊行されたあらゆる全集叢書文庫類の長所と短所とを検討し、古今東西の不朽の典籍を、良心的編集のもとに、廉価に、そして書架にふさわしい美本として、多くのひとびとに提供しようとする。しかし私たちは徒らに百科全書的な知識のジレッタントを作ることを目的とせず、あくまで祖国の文化に秩序と再建への道を示し、この文庫を角川書店の栄ある事業として、今後永久に継続発展せしめ、学芸と教養との殿堂として大成せんことを期したい。多くの読書子の愛情ある忠言と支持とによって、この希望と抱負とを完遂せしめられんことを願う。

一九四九年五月三日

角川文庫ベストセラー

角川文庫ベストセラー

角川文庫ベストセラー

ユージニア　恩田陸

あの夏、白い百日紅の記憶。死の使いは、静かに街を滅ぼした。旧家で起きた、大量毒殺事件。未解決となったあの事件、真相はいったいどこにあったのだろうか。数々の証言で浮かび上がる、犯人の像は――。

チョコレートコスモス　恩田陸

無名劇団に現れた一人の少女。天性の勘で役を演じる飛鳥の才能は周囲を圧倒する。いっぽう若き女優響子は、とある舞台への出演を切望していた。開催された奇妙なオーディション、二つの才能がぶつかりあう！

メガロマニア　恩田陸

いない。誰もいない。ここにはもう誰もいない。みんなどこかへ行ってしまった――。眼前の古代遺跡に失われた物語を見る作家。メキシコ、ペルー、遺跡を辿りながら、物語を夢想する、小説家の遺跡紀行。

夢違　恩田陸

「何かが教室に侵入してきた」。小学校で頻発する、集団白昼夢。夢が記録されデータ化される時代、「夢判断」を手がける浩章のもとに、夢の解析依頼が入る。子供たちの悪夢は現実化するのか？

パイロットフィッシュ　大崎善生

かつての恋人から19年ぶりにかかってきた一本の電話。アダルト雑誌の編集長を務める山崎がこれまでに出会い、印象的な言葉を残して去っていった人々を追想しながら、優しさの限りない力を描いた青春小説。

角川文庫ベストセラー

アジアンタムブルー　大崎善生

ロックンロール　大崎善生

スワンソング　大崎善生

孤独の森　大崎善生

エンプティスター　大崎善生

愛する人が死を前にした時、いったい何ができるのだろう。余命幾ばくもない恋人、葉子と向かったニースでの日々。喪失の悲しさと優しさを描き出す、『パイロットフィッシュ』につづく慟哭の恋愛小説。

小説執筆のためパリに滞在していた作家・植村は、筆の進まない作品を前にはがゆい日々を過ごしていた。しかし、そこに突然訪れた奇跡が彼を昂らせる。欧州の地で展開される、切なくも清々しい恋物語。

情報誌編集部で同僚だった由香を捨て、僕はアシスタントの由布子と付き合い出す。尽くせば尽くすほど、恋愛の局面はのっぴきならなくなっていき……恋人に寄せる献身と狂おしいまでの情熱を描いた恋愛小説。

北海道・岩見沢にある、厳しいルールと鉄条網で世間から隔離された施設「梟の森」で暮らしていた少年・宗太は、父危篤の情報を得て脱走。父の入院する函館に向けて歩き出したが……。

私を空っぽの星から救い出して——。45歳になった山崎隆二は囚われた大切な人を救うためソウルへ飛んだ。新たな出会いと謎の組織の影。待ち受ける衝撃の結末。至高の恋愛小説シリーズ、完結編。

角川文庫ベストセラー

TRIP TRAP
トリップ・トラップ
金原ひとみ
ハワイ、パリ、江ノ島……6つの旅で傷つきながら輝いていくマユ。凝縮された時と場所ゆえに浮かび上がる興奮と焦燥。終わりがあるゆえに迫って来る喜びと寂しさ。鋭利な筆致が女性の成長と旅立ちを描く。

女神記
桐野夏生
遙か南の島、代々続く巫女の家に生まれた姉妹。大巫女となり、跡継ぎの娘を産む使命の姉、陰を背負う宿命の妹。禁忌を破り恋に落ちた妹は、男と二人、けして入ってはならない北の聖地に足を踏み入れた。

緑の毒
桐野夏生
妻あり子なし、39歳、開業医。趣味、ヴィンテージ・スニーカー。連続レイプ犯。水曜の夜ごと川辺は暗い衝動に突き動かされる。救急救命医と浮気する妻に対する嫉妬。邪悪な心が、無関心に付け込む時——。

狂王の庭
小池真理子
「僕があなたを恋していること、わからないのですか」昭和27年、国分寺。華麗な西洋庭園で行われた夜会で、彼はまっしぐらに突き進んできた。庭を作る男と美しい人妻。至高の恋を描いた小池ロマンの長編傑作。

青山娼館
小池真理子
東京・青山にある高級娼婦の館「マダム・アナイス」。そこは、愛と性に疲れた男女がもう一度、生き直す聖地でもあった。愛娘と親友を次々と亡くした奈月は、絶望の淵で娼婦になろうと決意する——。

角川文庫ベストセラー

一千一秒の日々　島本理生

仲良しのまま破局してしまった真琴と哲、メタボな針谷にちょっかいを出す美少女の一紗、誰にも言えない思いを抱きしめる瑛子——。不器用な彼らの、愛おしいラブストーリー集。

クローバー　島本理生

強引で女子力全開の華子と人生流され気味の理系男子・冬冶。双子の前にめげない求愛者と微妙にズレてる才女が現れた！　でこぼこ4人の賑やかな恋と日常。キュートで切ない青春恋愛小説。

波打ち際の蛍　島本理生

DVで心の傷を負い、カウンセリングに通っていた麻由は、蛍に出逢い心惹かれていく。彼を想う気持ちと不安。相反する気持ちを抱えながら、麻由は痛みを越えて足を踏み出す。切実な祈りと光に満ちた恋愛小説。

ミュージック・ブレス・ユー!!　津村記久子

「音楽について考えることは将来について考えることよりずっと大事」な高校3年生のアザミ。進路は何一つ決まらない「ぐだぐだ」の日常を支えるのはパンクロックだった！　野間文芸新人賞受賞の話題作！

終業式　姫野カオルコ

きらめいていた高校時代。卒業してもなお、あの頃のことはいつも記憶の底に眠っていた——。同級生の男女4人が織りなす青春の日々。「あの頃」からの20年間を全編書簡で綴った波乱万丈の物語。

角川文庫ベストセラー

ツ、イ、ラ、ク　姫野カオルコ

森本隼子。地方の小さな町で彼に出逢った。ただ、出逢っただけだった。雨の日の、小さな事件が起きるまでは――。渾身の思いを込めて恋の極みを描ききった、最強の恋愛文学。恋とは「堕ちる」もの。

桃　もうひとつのツ、イ、ラ、ク　姫野カオルコ

許されぬ恋。背徳の純粋。誰もが目を背け、傷ついた――。胸に潜む遠い日の痛み。『ツ、イ、ラ、ク』のあの出来事を6人の男女はどう見つめ、どんな時間を歩んできたのか。表題作「桃」を含む6編を収録。

風のささやき　介護する人への13の話　姫野カオルコ

動けないし、しゃべれないし、もう私のことはわからないのだけれど……日本のどこかで暮らすごく普通の人がもらしたささやき。ひとりで泣くこともある、あなたに贈る、13人の胸のうちを綴った掌編小説集。

ロマンス小説の七日間　三浦しをん

海外ロマンス小説の翻訳を生業とするあかりは、現実にはさえない彼氏と半同棲中の27歳。そんな中ヒストリカル・ロマンス小説の翻訳を引き受ける。最初は内容と現実とのギャップにめまいものだったが……。

月魚　三浦しをん

『無窮堂』は古書業界では名の知れた老舗。その三代目に当たる真志喜と「せどり屋」と呼ばれるやくざ者の父を持つ太一は幼い頃から兄弟のように育つ。ある夏の午後に起きた事件が二人の関係を変えてしまう。

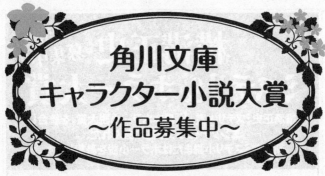